山巓夜話

一　境界の扉

昔、齢を重ねるとは、この世の不思議を消すことだと思っていた。生い立つにつれ押し寄せる奇々怪々な謎の数々を、次々と潰していくのだ。そして、私たちの住む世界は明晰で調和のとれたものになる。

それが間違いだと気づいたのはいつのことだろう。不思議は消えない。とくに山と、人の不思議は。

日本中の高山が最もいきいきとするのは六月から七月の初旬にかけてだろう。この季節に樹木も花も鳥獣さえも、生命力の盛期を迎えるのだ。しかし、生憎とこの時季は長雨と重なり、年によっては高峰の岩陰に氷雪が張りつき、入山者を苦しめ阻むのである。そのせいで山の魅惑がいつまでも失せないのだが。

私が槍ヶ岳の穂先を目指したのもこの季節の只中で、二日乃至三日と予告された晴れ間を縫っての山行である。休暇も土日含めて四日間が取れ、日程と天気、そして山岳逍遥の渇望が、丁度良い具合に揃うことになったのだ。

渇きを潤してくれるのは、この季節の涸沢《からさわ》カールを一望に収めること。そして槍ヶ岳穂先からの三六〇度の俯瞰である。槍の登頂には、いくつかの尾根ルートや麓付近の一ノ俣に始まるなだらかな登山道を使ったことがあるが、今回はまず涸沢より奥穂高岳へ登攀し、そこから槍へ渡ることを考えていた。このルートは以前に槍から大キレット経由の下山で使ったことがあり、下調べの必要がないという利点があった。

槍と穂高は別々に取り上げられることが多いが、見方を変えると、穂高連峰の北端に槍というピークがそびえていると譬えることもできそうだ。そう教えてくれたのは大学の先輩である。ふた昔も前のことだが、常念岳の頂で遠く槍を眺めながら地図を広げ、私に語ってくれたことがあった。頭上では、初秋の深い青空が、くっきりとした山脈の稜線まで広がっていた。

「この南北に走る飛騨山脈の中ほどに、平仮名で『し』の字を描くとするよね。『し』の起点を槍ヶ岳とし、真下に向かって穂高連峰の中岳、南岳、北穂高、奥穂高となぞってね、『し』の字のお尻の湾曲に西穂、前穂が並んで、払いの先端が屏風岩に当たるという按配だ。そして、この払いの左、『し』の字の内側に涸沢カールが位置するわけだ。こう見ると、槍や穂高連峰は別々の山岳の連なりというより、大山塊の山裾の残骸とも考えられないか。山体のど真ん中が吹き飛んで、『し』の部分だけが欠けた輪っかのように残ったわけさ」

この先輩の夢想に添うなら、私の選んだ行程は、古代の大火山の火口の縁を辿るところからスタートするわけである。涸沢から奥穂へ直登し、そこから尾根伝いに槍まで北上。帰路は飛騨沢に沿って新穂高温泉へ下りるつもりだった。つまり『し』の頭から左へ逸れ、斜め下へと下りるのである。途中では涸沢と槍の小屋でそれぞれ一泊し、三日目は新穂高の温泉にゆったり投宿するのだ。山行の荷造りをする最中からその日が来るのが待ち遠しく、青空に屹立する槍の頂から眺める大展望が、早や瞼の裏に浮かぶほどであった。

しかし、計画どおり進んだのは初日の涸沢カールまでだった。穂高連峰の内懐は、薄茶色の岩稜と瑞々しい新緑色で彩られた画布の上に、眩しく光る白雪が刷毛で引かれたように輝いていて、久し振りの眼福にあずかることができた。天気が急変しそうだという報せを耳にしたのは、この夜の涸沢の小屋の中だ。北方へ上がっていた梅雨前線が、南へ反転してくるとのことである。日没の薄明かりに黒い城壁のように浮かび上がる峰の陰から、血に染まったような積乱雲が頭をもたげ始めていた。

夜明け前、濃霧が小屋をすっぽりと包んでいた。小一時間ほど様子を見て、足元が明るくなってからの出立とした。奥穂高岳を目指すのはあきらめ、槍までの距離が短い北穂高山頂への道を辿り始めた。

霧が煙のようにたなびき、肌を包むように纏わりついてくる。気づくと水気は粉糠雨に変わっていて、瞬く間に行く手の岩の表が濡れてくるのだった。やがて遮るもののない稜線へ飛び出ると、雨風は一層強くなり、勢いよく全身が煽られる。長い痩せ尾根を、握力だけを頼りに伝っている最中のことであった。

剝き出しの鋭利な岩先に指をかけ、一足ずつ横へ這い続けていると、見当をつけてつま先を置いた足下の瘤が、音もたてずに欠け落ちたのである。はるか底で「コッーンコッーン」と音が響く。両手の指の先に全体重が伸しかかった。眼下の真っ白な煙霧の帳が強風を受けて割れ、数百メートルの切り立つ断崖が現れた。指先の掛かりが浅く、大きなザックを背負った身体を、上腕筋だけで引き上げるのは無理である。首を捻じり、岩壁と身体の隙間から、足底が支持できそうな出っ張りやへこみを探しているうちに、自分の肉体を頭上高くから眺めているような感覚に襲われるのだった。

そして我に返り、再び空を見上げると、そこに白い月が浮かんでいた。

どうやってここを通過したのか、記憶が飛んだままである。

分厚く積み重なる乱層雲のせいか、辺りは早くも薄暗くなっている。今日中の槍ヶ岳到着を断念すると、ルート上に立つ山小屋の敷居を跨ぐことにした。閑散とした屋内に入ったが、濡れネズミの私に声をかける人など皆無である。まるで私が目に映らないかのようだ。レインウェアを乾燥室に吊すと、食欲も湧かないまま、着の身着のままで毛布を被り、そのまま寝入ってしまうのだった。夜中になると屋根や窓を叩く強い雨音が頭の芯まで響き、幾度も目を覚ましてしまう。明朝の天気次第では、槍の穂先は素通りし、横尾経由で再び涸沢へ下りるか、飛騨沢の槍平小屋へ急下降せねばならないかもしれない。寝醒めては雨音に耳を澄ませ、あれこれ考えた末に再び眠りに落ち、それを繰り返しながら日の出を待ち続けるのだった。

嬉しいことに明け方には雨は止んでいた。普段なら日の出とともに飛び出すところだが、この日は全身を覆う気怠さに身を委ねてしまい、結局窓から陽光が差し込むまでぐずぐずとしていた。私が小屋から発った最後のひとりになったはずである。

天候が回復したおかげで、奥穂登頂を諦めたことを除くと、ルートは当初計画した姿に戻っていた。日が高くならない内に、槍ヶ岳の頂に上ることもできた。ハイカーの姿はほとんど見当たらず、鎖も鉄梯子も独り占めであった。展望はというと、近隣の峰々は雲海に沈み、遠くの峰は影絵のように霞んで、視界良好とは言いかねるものの、昨日の荒天を思えばさほど悪くはない。頭上遥か先の天頂だけは、ぽっかりと青空が覗き、それは雲でぐるりと形成された壺の口縁部のようである。私は壺の底に居るのだ。

新穂高温泉へ向かって飛騨沢を下り始める。小一時間ほど歩いて地図を見直している内に、懸念が沸々と湧いてくるのであった。ここは韋駄天走りのできる素直な山道ではなく、新穂高までは結構時間を食いそうである。今朝の悠長な出立が最後に響いてくるかもしれない。迂回し難い急な雪渓が次々と現れ、軽アイゼンの着脱で忙しくなる。岩稜帯を越え沢沿いに入ると、今朝方まで降り続いた雨のせいか、道筋に大量の水が溢れている。方々で土砂が崩落し、正規の登山道をなかなか見つけることができない。ルートの選択ミスに気づく度に、一旦後戻りしてはまた前進という有様で、我ながら自分の手際の悪さに情けなくなるのだった。

見通しの良い小規模なガレ場を下りきり、後ろを振り返ったときである。岩棚の高みに全身イエローずくめの上下を纏ったハイカーの姿が目にとまった。飛騨沢に入って初めての人影である。その影が私との長い距離をあっという間に詰めて来た。山歩きに慣れた凄いスピードである。私のすぐ背後まで迫ると、それが最適な道なのか、それとも私を避けようとしただけなのか、木の根が絡み合うように露出する道脇の小高い隘路へ逸れ、そのまま一直線に走り去って行くのであった。背筋を伸ばした大柄な女性である。フードの陰から鼻梁の通った横顔が僅かに認められた。

湿った煙霧の底から純白のコバイケイソウの群生が浮かび上がってくる。花被片を傾けるクロユリも交じるそのお花畑の際でひと休みをしていると、頼りなげな日差しがすうと途絶え、再び雲行きが怪しくなってくるのである。樹々が靄に沈み始め、やがてその輪廓さえも消え、遠い空から雨粒が飛んで来ると、登山帽の庇にポツポツと当たりだした。ほどなく姿を現した槍平小屋は、まだ営業が開始されていないようである。冬季部屋に潜り込むことも考えたが、この先に手強い難所がある訳ではないので、日没には新穂高のゲートに辿り着くはずだと踏み、先を急ぐことにする。

沢の渡渉に手間取っているうちに、足元が夕闇の道に溶け込んでいった。今回の山行は私の強気な一面が裏目に出てばかりいるようである。ヘッドライト頼りの下山が心許なくなり、結局中腹の避難小屋で明け方を待つことにした。雨脚もますます強くなり始めていた。ここで一夜を明かすのも、温泉旅館で明かすのも、帰宅時間に大差はないはずである。

二　避難小屋の人々

急坂を下りきった窪地の斜め後方にその避難小屋は立っている。足元ばかり気にしていたせいで、危うく見逃すところであった。戸口から覗くと、屋内に人影が三つほど認められ、私は努めて明るい声で挨拶をした。ひとりは、灯したままのヘッドライトを首に掛けている大柄な男で、私の入室を認めるや否や、迷惑そうな素振りを隠しもせず、ツェルトをバタバタと畳み始めるのだった。どうやら、この狭い板の間の一角を自分の簡易テントで占領しようとしていたようだ。確かに頭数が三人までなら、それもできたのかもしれない。私は滴が垂れ落ちるレインウェアを外し、頭上に渡された針金に吊すと、ツェルト撤収のおかげで空いたスペースに腰を下ろすことができた。不愛想なツェルト男と眼鏡をかけた中年男性に挟まれる形となる。

向こう端を占めるのが、山道で挨拶もせずに私を抜き去ったレモン色のレインウェアの女であった。彼女がこの避難小屋に留まっていることに、ふっと戸惑いを覚える。先ほどの山下りの速さと機敏な身のこなしからすると、この時間にはとっくに新穂高温泉に着いていてもおかしくはない。仮に何らかの事情で多少遅れたとしても、温泉手前の穂高平小屋には十分到着できたはずだ。こんな中途半端なところで一泊するなど、全く気が知れない。レインウェアは濡れておらず、それを着用したままでいるところを見ると、雨が降り出す前にはここに辿り着いていたのだろう。

それより気になるのは、やはり隣の大男の方である。様子を窺うと、ツェルトの畳み方はかなりいい加減で、身なりの方もハイキングというより街歩き向きの普段着である。傍らに無造作に置かれた紺色の羽織物は、野外作業用の防寒ジャンパーに違いない。また、顔には不精髭が目立ち、目の縁には隠しようもない険が認められた。自ら抱え込む事情によるのか、小屋を窮屈にしてしまった新参者の私に対してか、それとも一座全てに向けられたものなのか、私の目には、男が全身に行き場のない鬱憤を湛えているように映るのである。

もしかしたらこの男はハイカーではなく、奥山を職場とする労務者なのかもしれない。山間の砂防ダムを見回るなり、山小屋の自家発電機などの補修をしているのだ。スケジュール通りに仕事が捗らないところに、呑気なレジャー客と一緒に山奥の掘っ立て小屋に閉じ込められてしまい、苛立ちを抑えきれないでいるのだろう。

レインウェアの女は、コンクリートブロックの壁に背中を寄せ、素足を床に投げ出している。フードを外したせいで、肩に掛かる髪が栗色に染められているのがわかった。目鼻立ちが整った顔なのだが、表情が乏しいせいか、人を寄せつけない雰囲気を漂わせている。

その女が小振りなランタン型LEDランプをザックから取り出し、点灯させた。白々とした反射光が辺りを照らす。隣の剣呑な空気を纏った男と私は、示し合わせたように自分のヘッドライトを消した。機会を捉えてバッテリーを節約するに越したことはない。派手な光を放ってみせる女が何をするのかと眺めていると、コンパクトミラーを取り出し、顔の手入れを始めるのだった。山歩きに練達している割に日焼けが目立たないのは、こういったことに手間暇をかけているせいかもしれない。

女と私の間に陣取るのが、眼鏡をかけた中年男性である。前開きで羽織った防水性ジャケットしかり、襟元から覗くシャツもいかにも品物が良さそうだ。薄汚れた無人小屋なんかではなく白馬岳の山荘のお洒落なカフェで、冷えた白ワインに口をつけている方が似合いそうである。ともあれ、冷たい雨に煙るこの小屋が熱い坩堝と化すきっかけを作ったのは、この伊達男のせいなのだ。女が顔の繕いを終えたところを見計らうように、中年男が彼女に声をかけた。女のコンパクトは開かれたままで膝元に置かれ、鏡が輝き、私はLEDランタンの光源が二つに分かれた錯覚を覚えていた。

「あなたが部屋を明るくしてくれたのは嬉しいが、こんな狭いところでそのランプの照度はもったいないね。もし、皆さんから異存がなければ、シュラフに入るまでは、この明かりを代用にしませんかね」と、手にしていた缶のケースの口を開け、非常用の太い蠟燭を取り出してみせるのだ。

「どうしてこんな嵩張るものを持ち運んでいるのかと言いますとね、私の今回の登山は供養のためなのです。一年ほど前の夏の初めに、一緒に槍ヶ岳を目指していた人を北鎌で失ったのです。滑落で亡くなりました。その谷底まで下りて、線香をあげるつもりでした。ガスコンロの火じゃ艶消しでしょう。けれど、昨日は雨も風も強すぎて、岩の隙間でいくら試しても、蠟燭を点けることができなかったのです。結局、こいつが丸ごと残ってしまったので、ここで活かしてくれればありがたいのです」

「あんたは槍から下りてきたのか」と、隣から私の頭越しに、剣呑な男が口を挟んでくる。危うく私の方で返事をしかけたが、男が睨みつけている相手はあくまでも慰霊の旅人である。

「そうです。昨日は悪天候で先へ進めなくなって、北鎌の独標の手前でビバークしました。一睡もできなかったので、槍の小屋で仮眠させてもらってから下ってきたのです。不眠不休で歩いていればとっくに温泉に浸かっていたはずなのですが」

その不運な男は蠟燭を板の間の端に据え、三人の顔を順に見回した。異議を唱える気配がないことを確認し、音を立ててマッチを擦ると、寸分違わぬタイミングで女がランタンの電源を落としてみせた。

蠟燭の炎はどこからか忍び込む隙間風に抗うように揺らいで、やがて落ちつく。人工照明に比べ室内はぐっと薄暗くなり、代わりに今まで埋もれていた天井や土間の隅々が闇から浮き上がった。

「いいですかね」と男は誰にともなく呟くと、再びザックに腕を突っ込み、エアーキャップに包まれた筒状の物体を取り出した。厳重に巻いたビニール紐の結び目をナイフで切ると、中から現れたのはウィスキーボトルである。こちらの方が蠟燭などよりずっと嵩張りそうだ。

「皆さん、これを空にするのをお手伝い願えませんか。これ以上大切に持ち歩くのは厄介なので。これも北鎌でケルンを積んで、そこに景気よく浴びせるために持参したのですが、嵐の中で石ひとつ動かすことができませんでした。こちらで皆さんにお付き合いいただいた方が、奴への慰めになります」

紙コップを持つ若い大男の拳が、私の面前をひょいと横切る。

「喜んで手伝いますぜ。石ころなんぞに呑ませなくて良かったよ」

私も自分のザックの底をごそごそと探り、炊飯用の計量カップを取り出した。使い古したせいで底が相当曇っているのだが、この薄暗がりでは気づかれないはずである。

「そういうことでしたら、遠慮なくいただきます」と両手を添えて隣の中年男に差し出した。そして、視線を合わせたときに、眼鏡越しの穏やかそうな瞳が僅かに斜視であるのに気づいたのである。

振る舞い酒に女がどう応えるのかと窺うと、やはりザックのポケットからマグカップを引き出してみせた。しかし、それをすぐに差し出すことなく、足を投げ出した姿勢のまま腿のあたりに据え、身動きをしようとしない。まるでウェイターが自発的に注ぎにくるのを待っている体である。男の方は女の不遜な態度を気に留めることなく、中腰になり腕を伸ばすと、ボトルを女のカップの口に傾ける。そしてそのまま膝を折り、用意してあった自分の柄付きのカップに琥珀色の液体を注ぎ込むのだった。

中年男が周りを見渡し、すっとカップを捧げ持つと、隣の若い男が場に似つかわしくない大音声で「乾杯だ」と叫び、夜宴が始まったのだった。

この夜、私たちの大方が見ず知らずの他人に対し自分の来歴を披露することになる。山中に限らず、旅先では時たまこういうことが起きるものだ。二度と相まみえることのない者同士がそのことに安心し、胸襟を開いてみせることが。しかし、この夜の話は、旅の恥はかき捨てといった俚諺の類を、はるかに超えるものではなかったろうか。一因としては、高度という気圧の壁と篠突く雨が閉塞感を募らせ、下界と隔絶された環境をここにもたらしたせいであるかもしれない。加えて自己抑制を麻痺させるウィスキー、そして四人の顔を朧に照らす二本の蠟燭が私たちを扇動したにちがいない。一本の蠟燭は現《うつつ》に、もう一本は鏡の中で揺らいでいたのだ。

中年男が菓子袋を開け、女に差し出した。

「ピスタチオですが、つまみにいかがですか」

女は手を軽く振って断るが、私は初めて女の表情が和らいだのを目にした。アルコールが効いているのだろうか。男は続いて私に菓子袋を差し延べ、「良かったら、そちらおふたりで回してください」と、あくまでも紳士然とした振る舞いはぶれることがない。菓子袋を受け取り、そのまま隣へ渡してやろうと思った矢先、男が紙コップを手のひらに挟んだままの腕を突き出し、親指と人差し指を使って、私の持つ袋をかすめ取る。男の手は並外れて大きく、コップと菓子袋を一緒に握って、なおもう一品位は掴める余地がありそうである。

「酒のお代わり貰ってもいいかい」という男の問いかけに、饗応役は相好を崩してみせる。「もちろんです。遠慮無用です。皆さんもどんどんやって下さいね」

若い男は、二杯目の酒を舐めながら、私たちの顔を一人ひとり眺め回してみせる。

「ところでよ、酒だけ飲んでいてもしようがないよな。どうだい。みんな、退屈しのぎに持ちネタを順に披露しないか。条件はひとつ、欠伸の出ない話だ」

女と私は呆気にとられた顔になっていたに違いない。男の提案とその言い様に。その時、隣の中年男の方から居住まいを正す気配が伝わってきたのである。

「そうだ、口切りはあんただ。慰霊の蠟燭やら酒やら小道具は揃ったはずだ。実際には北鎌尾根の一件を話したくて我慢ができないのだろう。ここで聞いてやるから、存分にいけよ」

三　北鎌尾根まで

男の名は森一《しんいち》といい、職業は医師である。父親もまた医師で、金沢市郊外の内灘で小さな診療所を開いていたが、森一が幼い頃に借財を残し病死している。残された母は南砺市の山林持ちの裕福な農家の出であった。診療所を居抜きで売却し、どうにか借金の清算を終えると、森一を連れて実家へと戻った。そして、近隣の木工所で事務の仕事に就きながら息子を育てたのである。森一は中学を卒業する頃には医師の道を目指すことに決めていた。動機といえば、後年医学部の同窓から打ち明けられた類、たとえば学究欲やヒューマニズム、あるいは富や功名ではなく、単に一度途切れた家業を継ぐ程度の思いでしかなかった。

医学部は地元の国立大学と関西の私大を受験し首尾よく両校合格。予定通り地元への進学を選択する。実は頭の隅には郷里の方が不合格となり、親元を離れることの願望もあったのだが、合格の喜びはそれを打ち消して余りあるものだった。そもそも関西の私大進学には母が用意した学費の蓄えが心許なかったこともあった。しかし、バスを乗り継いでの通学に限界を感じると、結局は三年時から金沢市内に下宿することとなり、ひとり住まいの望みはそのまま実現したのだった。医学部への進学は森一に自信を植えつけ、内向的な気質に変化を呼び起こすきっかけとなった。森一は片方の目がやや目立つ程度の斜視で、中学生位からそれを気重に思うことが増していたのだ。当時、短期間だがギタリストになる夢を抱いたことがあり、随分練習をしたものであるが、ついに人前で演奏する勇気を持てないままであった。

医学部に合格すると、人の目と真っすぐ視線を交わせるようになり、その分背筋が伸び、姿形が整うのだった。成績はけっして褒められたものではなかったが、他の学生の多くが抱く研究室に残る夢は皆無だったので、悔いも焦りも感じることはなかった。

研修医としては、医局長の差配で横浜市北部の私立大学病院で過ごすことになった。何らかの人的金銭的なバーターだという噂が耳に入ったが、唯々諾々と従うのみである。未知の土地への憧憬が、遠地赴任を命ぜられた疎外感に勝ってもいた。実際には時間にも懐にも余裕がなく、首都圏の観光地に足を踏み入れることもないまま二年間が経過し、そこで医局から本籍への帰還を内示された時は、さすがに胸を撫で下ろしたものである。

この年の五月、同期数名で市ノ背野営場に集合すると、山岳部ＯＢの先導で白山に登頂した。森一にとっては忘れ難い山旅となった。遮るもののない大空の下を無心に歩いたのは高校生以来の経験である。とくに御前峰《ごぜんがみね》から遠望した北アルプスの重厚なシルエットに心身が吸い取られるほど魅せられ、後に時間を割いては北アルプス通いをするきっかけとなったのである。

横浜での研修医時代に交流会主催の懇親会が開かれ、薬剤師の一団と盛り上がったことがあった。その中のひとりが瑠璃子である。痩せぎすで手足が長く、切れ長の目、穏やかで平面的な面立ちは観音菩薩像を彷彿とさせた。話し振りは機知と諧謔に富み、気が張りがちな森一を寛いだ気持ちにさせるのだった。

一年近くたち、横浜時代の月日が朧になりかけた頃、瑠璃子の同僚から連絡が入り、瑠璃子とふたり連れで訪れる金沢の観光案内を頼まれた。非番の週末、森一自身も疎遠となっていた金沢遊覧の定番コースを巡り、夕刻に一旦別れると、薬剤師ふたりが宿泊するホテル近くのレストランで待ち合わせることにした。

定刻に現れたのは瑠璃子ひとりだった。相方は加減が悪く、部屋で休んでいたいとのことである。瑠璃子が面白可笑しく話す横浜の大学病院の様子にも興味を引かれたが、森一にとって今の勤務先の内情などに耳を傾けてもらえる機会は滅多にないものであった。利害関係がなく、呑み込みの速い傾聴者との会話は楽しいものである。しかも瑠璃子は、森一が通う北アルプスの上高地や鍋平高原で散策経験があり、話題に事欠くことがない。食事を終えるとふたりは茶屋街をそぞろ歩き、香林坊で飲み直すのであった。

　翌年ふたりは結婚。森一の母親は不承知というわけではないのだが、息子にはひと言「あなたもあちらも我が強い方だからね。それだけが心配よ」と告げるのであった。


　森一は母校の附属病院で臨床医をいつまでも続けるのは難しいだろうと案じていた。いずれかでポストの玉突きが始まれば順に押し出され、押し出される先が県内とは限らないのである。いよいよ医師を志した当初の抱負に立ち戻り、診療所開設の準備を始めるつもりだった。多額の借金を背負うことになるであろう。自分一代で債務を片づけるだけの収入を維持できるかも心配である。片や森一には漠たる自信もないわけではなかった。自分は患者を惹きつける素質に恵まれているのではないかと。「この外来で指名率が一番ですよ」と老練な看護師におだてられたせいかもしれない。実際のところ、相手の話をじっくり聞く森一の持ち味は、患者の中で人気を博していた。しかし、その分診察の回転率が悪く、上司や同僚たちに疎まれる危険と裏腹であった。

　子供が生まれたのをしおに家を購入することになった。先々の開業に備え、診療所を設けるつもりの町に予め住居を構えることにしたのである。瑠璃子は今の住まいである野町近辺を望んだが、同業者との競合と将来の患者の潜在需要を考慮し、内灘へ延びる浅ノ川線沿いに構えることにした。理屈というより、自分の生誕地への拘りがあっただけなのかもしれない。

調剤薬局でパート勤務をしていた瑠璃子は、好待遇を求め市内の私立病院に正職員として転職。病院勤務が水に合ったのか、見違えるように意欲的になり、仕事にのめり込んでいった。通勤のために運転免許証を取得すると、小型車を買い求めた。浅ノ川線は深夜に運行本数が減り、タクシーを多用する森一の送迎対策でもあった。夏季休暇には家族三人で瑠璃子の実家のある世田谷の上野毛まで遠乗りをし、途中で瑠璃子が「遠距離ドライブは辛いわ」と音を上げたことが、森一が自動車教習所に通うきっかけとなった。

教習所の空気に馴染むにはしばらく時間がかかった。かつて勤め先の病院が患者同士のトラブルに巻き込まれた折に、医局の口の悪い教授が「待合室は人種の坩堝」と冷笑してみせるのを耳にしたことがあったが、森一は自動車学校こそ坩堝だろうと思うのである。千種万様の人々がただひとつの目的で一か所に集まり、情熱を傾けている様は珍妙である。初めての運転実習で、世の中全てに拗ねているといった体の教官に訊ねられ、自分の職業を明かしたところ、「医者を教えるのは時間がかかるがや」という一言を投げつけられ、大いに鼻白むことになった。仕事柄受講期間を集中的に取ることができないからなのか、あるいは医者という種族自体が運転に不向きなのか、生涯初めて劣等生のレッテルを貼られる不快な経験であった。

しかし、実際に通い始めてみると、実習と実習の間隔が空き過ぎるせいか、前回出来たことが出来なくなっているのはざらで、確かに生徒としては平均以下に違いないと自嘲せざるを得ないのだった。

美穂と初めて言葉を交わした場所は、長椅子の並ぶ待合エリアである。実習の順番待ちで、隣どうし座っていたのだ。時がたった後でも、どちらが先に、何と話しかけたのか定かではないのだが。

覚えているのは、「自転車にさえ乗ったことがない私が、車の運転なんて土台無理な話だわ」という、美穂の掠れ気味の声だ。その投げやりな声音と溌剌とした目許のちぐはぐさに、ふと興趣を覚えたのだ。不思議に気を引かれて眺めると、脚をはすかいに揃えて腰掛ける美穂の肢体は、かつてフィルムの中で観た、アンダルシアのダンサーのように映るのだった。身体のバネが再び撥ね上がるのを待ちながら、曲の合間に止まり木で過ごしている風情である。彼女の優雅でしなやかな身ごなしを認め、自転車のハンドルなど苦も無く操れそうなのに、と思ったのだ。

もう一つ心に留まったのは、彼女が膝の上に開いたまま乗せていた大学ノートである。教材に載った道路標識のイラストを一つずつノートに書き写し、その隣にいろいろメモを書き込んでいるのだ。三色ボールペンにマーカーまで使っているため、甚だ鮮やかな仕上がりである。森一などは教官の解説の大半を聞き流し、説明に力が入っている個所にチェックするだけなので、自分の手抜き加減が心配になるほどだった。

「どうして運転免許を取ることにしたのですか」と森一が尋ねたのは、そんなに嘆きながらも挑戦しようという所以はと、好奇心が湧いたからである。

「私、資格らしい資格を何も持っていないのです」と、彼女は微笑み、森一の目を真っすぐ見つめた。

「以前履歴書を作っていたときに、その資格欄が真っ白で、ずっとそこに何か埋めたいなと思っていたんです。どうせなら、歯応えがあって、何かのときに役立ちそうな資格をと思い、運転免許を選んだだけなの」

森一の教習所通いは休日や夜間に限られ、それも一週間以上も間が空くのがざらなのだが、不思議に美穂と鉢合わせることが多いのである。顔を合わせると、お互いの教習原簿を見せ合うのだ。森一は両者の優劣など気にも留まらないのだが、美穂は自分の修了単元が森一を上回ると、子供が勝ち誇ったように喜ぶのだった。結構負けん気が強そうである。ふたりの待ち時間が重なると、休憩室で自販機の飲み物を前におしゃべりをする。話題といっても、美穂が森一に学科や実習で曖昧なところを問いかけるのがほとんどで、ここでの森一は、劣等生の汚名を返上するかのごとく、得意気に伝授してみせるのであった。また、それはあらかた悪口三昧なのだが、教官らの品定めも、放課後の中学生に戻ったようで飽くことがない。何よりも、美穂の地元訛りのアクセントが柔らかく、心地よいリフレインとして森一の耳に染み入るのだった。

教習所のロビーの扉を開くたびに、美穂の姿を探すようになった。美穂が居るときは、待合室の奥から手を振って合図をしてくれるのだ。


突然、彼女の姿が消えた。念のため曜日を変えて出かけてみても見当たらない。森一は狼狽し、事務室で住所なり電話番号なりの連絡先を聞き出せないかと考え、そう思う自分の大人気ない有様に、更にうろたえるのだった。

二週間が経ち美穂が戻ってくると、森一は浮き立つ気持ちを隠すのに必死となった。子供の具合が悪く、仕事と看護で精一杯だったそうである。夫と死別し、製本と出版を営んでいる会社で校閲の仕事をしながら、美穂が小学生の娘を育てていることを、森一は初めて知ったのだった。娘を加賀市の実家に預け、週末毎に金沢へ呼び寄せるか、反対に娘の許へ行き、一緒に過ごしているのである。田舎住まいと町住まいという違いはあるが、親子の境遇が母親と自分に似ていることに気づいていた。美穂不在の二週間の内に、森一は仮免許が取れて路上へ出ている。そして、卒業検定に合格すると、間を置かず運転免許センターの学科試験を受け、晴れて免許証を手に入れたのである。美穂の方は仮免寸前で行き詰まっていた。

休日に車を持ち出す理由を、瑠璃子には説明しないことにした。そもそも瑠璃子は森一の勤務先の医師や医学部での繋がりには関心を持つものの、山仲間や古い知り合いには目を向けようとしない。彼らとの縁を詳しく説明しようとすると、煙たがることさえある。これが隠し事をせざるを得ない所以だと言えば、独善の誹りを免れないのだが。

金沢駅前のロータリーで美穂を乗せ、河北潟《かほくがた》の畔へ向かう。美穂は教習所での大人しい装いから一変し、フレンチスリーブの明るいワンピースを纏っていた。

夏も終わりに近づき行楽客が疎らになったせいか、国道から外れると、見通しのいい脇道はどこも閑散としている。五指に満たないほどの釣り人の背中が認められる程度である。この地の利を生かし、美穂に運転に慣れてもらおうという狙いであった。

運転席に収まり意気込んでいる美穂の横顔を覗くと、形の良い耳朶が赤く染まっているのが森一の目に留まった。美穂の運転はほとんど危な気なく、あえて詮索するなら幅寄せが稚拙なことくらいである。適当な場所を見つけ、幾度か操作を繰り返すと、美穂がコツを摑んだのが分かる。そして、根気のいる練習が済むと、森一が肝を冷やすほどの勢いで、美穂は車を走らせるのだった。よほど教習所という鳥籠で窮屈な思いをしていたのだろう。人影のない道を選んで走って行くと、フロントガラスいっぱいに海原が現れた。

車を停めて外へ出ると、森一と美穂はどちらともなく伸びをし、並んで日本海の岸辺を眺めるのだった。汀の翡翠色の水面が、潮境を越えると藍色に変わり、そのまま水平線まで続いている。薄雲の切れ間から日差しが漏れるたびに、細かく砕ける波頭がきらきらと輝く。美穂がこちらに身体を寄せて立つので、森一はその圧にどう抗するべきか決めかねて、ゆらゆらと姿勢を泳がせるのである。

「これ、森一さんが飾ったの」と、助手席から美穂が指差したのは、ルームミラーに吊された小さなウサギのぬいぐるみである。

森一が一呼吸置き「これは、奥さんかな」と答えると、美穂は「そうなんだ」とウサギを睨み、そのお腹をポンと爪先で弾いてみせる。

翌週の金曜日、森一が早くに早退の申請をしていたのにもかかわらず、直前に代行の医師のキャンセルが入ってしまった。結局、美穂との待ち合わせ場所に二時間近く遅れて着いたときには、夕焼けが辺りのビルの壁を赤々と染める刻限となっていた。レンタカー屋でわざわざ教習所と同タイプの車を予約しておいたのだが、この日の路上練習は取り止めとする。卯辰山の麓で食事をすると、せっかく車があるのだからと、丘陵の頂へと上ることにした。東方の空では、天の川を挟み星座群が競うように瞬いている。片や西側は鈍色の雲に覆われ、全く別の空のようである。日本海は雲に圧されて暗く沈み、沖合、水平線のすぐ手前を船の灯りが滑走している。乾いた夜風が樹々の幹の間を抜けて押し寄せ、ふたりを包み込んだ。美穂が身体を預けると、森一はその圧力を引き受け、両腕で抱き寄せる。長い事求め合い待ちわびていた二つの肉体が融け合い、唇と舌とたなごころが五体から切り離され、愉悦に溺れる。これは自分にとって初めての恋だと森一は気づいた。朝までふたりは過ごし、森一はギタリストに戻る。指頭に馴染む最良のマーティンモデルを手に入れたのだ。

年が変わると様々なことが一気に押し寄せた。東京は城西方面での開業を条件に、瑠璃子の実家から独立援助の申し出があった。卒業した医学部のテリトリーからは抜け難いと説明すると、がっかりはされたが、少し割り引かれての支援話だけは残った。母の伝手で、地場の金融機関の支店長と面談すると、不足分の借入について具体的に話を進めることになった。

森一の動きを知ってか知らずか、「来年は異動の年であること」を医局から内々に告げられた。行先は検討中ということであるが、消息通の同僚からは、大学が派遣を検討しているのは主に能登方面と富山県、それと確率は落ちるが福井県ということで、金沢市部はないという動静を聞かされる。能登や富山だったら瑠璃子は絶対随伴しようとせず、用件は電話やメールで済ませ、週末ですらそこに足を向けることはないだろう。すでに同衾することも絶えていた。翻って美穂なら何処までもついてくるだろうと思うのだ。福井県なら場所によっては美穂の実家に近くなるので、こちらから希望を出してやろうかしらん、という妄動の念が頭をもたげる。

瑠璃子は職住一体型の診療所を思い描いていたようだ。実際、新婚当初は森一自身もそういう夢を語っていたことがあった。しかし、今の森一は身軽になることしか頭になく、新しくできた大型マンションの一階で、瀟洒な喫茶店と歯科医院に隣り合って開業することにしたのだった。

実家から援助話が出た時点では、瑠璃子は診療所の事務兼薬剤師となるはずであったが、その後勤務先の病院で抜擢されたこともあり、小さな家内診療所に入る気持ちは全く失せていた。しかし、設計段階もそうだが、内装工事や器材の搬入にはその都度立ち会い、何かと目を光らせるのであった。照明や什器のほとんどは彼女の趣味で決まったようなものである。開業資金の過半は無利子出世払いで瑠璃子の実家に負ったので、彼女としてはオーナー気取りでいるのかもしれない。瑠璃子が抜けたため薬局スペースは不要となり、その分待合室にゆとりを持たせることにした。口開けの来院数が心配だったが、大学病院で森一を贔屓にしていた看護師が、常連に森一の行先を耳打ちし、開院直後にまず数名が訪ねて来てくれる。電話で看護師に礼を言うと、「私が定年になったら先生のところで使ってくださいよ」と半ば冗談めかして応じるのだが、森一としては、本当に彼女のようなベテランが居たら何と心強いことかと思うのである。診察数が減った分、事務仕事が格段に増え、独立することの大へんさを今更ながら思い知るのだった。

森一につき従った患者のほとんどは、取り留めもない話にちゃんと耳を傾け、疾患の原因と治療方針を懇切丁寧に説明する森一の対応を「名医」と見立てる高齢の婦人ばかりである。その中のひとりに、「先生、このまえ片町で愛想らしいねえさんとおるとこ見たけんど、奥さんけ」とからかい気味に顔を覗き込まれたときは、少なからず慌ててしまった。この町は大きいようで、気晴らしになる繁華街といえば二、三箇所に過ぎない。ただ、こんな所をふたり連れで堂々と歩くのは、森一にそろそろ腹を括りたいといった気持ちが芽生えていたせいに違いない。経済的にはいったん落ち込むだろうが一から出直せばいいのだ。先日、メールの送り先をうっかりし、逢瀬の場所に瑠璃子が現れたときは肝をつぶした。しかし、それだって決着を求める無意識が、森一の指先を操っていたのかもしれない。

ひとり息子との関わりは、森一には万事希薄なところがあった。息子が幼少時よりずっと瑠璃子の掌中にあったこともさりながら、自身が父親を知らず育ち、そのことにさほど不自由を感じなかったせいもありそうである。息子は小学生のうちから夏休みの都度瑠璃子の実家に長逗留し、昆虫を追いかけるよりは、電気街やレジャーランドの事情に詳しい少年時代を送っていた。その息子が県立高校の理数科へ進学すると同時に、医学部志望を明らかにしたのである。森一は頼もしく感じるとともに、息子の成績や志を公平に測ると、自分より上の世界を見ることになりそうだと軽い嫉妬を覚えるのだった。自分は医者になるための方便で医学部を目指したのだが、息子はその言によると医学そのものを目指そうとしているらしく、その相違は小さくないのである。森一は町医者としての生業と美穂との逢瀬、そして年二、三度ほどの山行を己の世界としていた。しかし、息子に青雲の志を打ち明けられ、自分の腹中に仕舞ってあった自負心が大いに揺らぐと、初めて娑婆っ気らしいものに目覚めるのだった。相前後するように論文博士取得の誘いを受けたのである。

大学病院での臨床医時代、博士課程進学を前提とし、夜半に研究室に入り浸っていた時期があった。周囲の雰囲気に煽られた面もあるのだが、技能ではなく科学に携わる充実感は得難いものがあったものだ。当時辛苦を共にした先輩幾人かがすでに研究科長などに就いていた。忙しさに紛れ彼らが整理し損ねていた基礎研究テーマを、森一に纏めさせようということになったのである。半ば身内の温情だが、今となると博士号は是が非でも手に入れたいものになっていた。亡父も博士だった。自分の息子もその資質からいって堂々たる博士になるはずである。かつては一片の興味もなかった肩書が、とても価値あるものに思えてきたのだ。

いずれにせよ時間が不足していた。資料に関しては、当時の研究成果もその後の派生研究も学外へは持ち出せず、当面休日返上で研究室に通う必要があった。やり直さなければならない実験やデータ作りも山ほどあり、そもそもこの間にチェックを要する文献がどれほど増えていることか。診療所は繁盛しており、長期の休診は難しいであろう。できるのは美穂との時間を削ることぐらいだ。少なくとも論文の全体像作成の目途がつくまでは、月に二、三度ほどの逢引を月に一度、いやふた月に一度にしなければならない。

相談を持ちかけると美穂は黙って聞いていて、しまいに「私、我慢できるわ」と森一を安心させるのだ。しかし、酔いが回るうちに神経が亢進したか、「あなた、うち以外に好きな人ができたとちがう」と言い出すのである。笑って否定するのだが、「森一さんの目は、恋しているときの目つきがや」と見当違いに絡んでくる。森一が宥める手立てを考えあぐねている間に、美穂は呂律が回らない声で「うち、本気やじい」と自分の中に深く沈み込んでしまう。

ふと気づくのだ。美穂が森一の瞳の奥に見たものは、あながち見当違いではないかもしれないと。森一は昔アコースティックギターに恋をした。次に北アルプスに恋をし、美穂に恋をし、今は博士という権威に恋をしているのである。

結局ふた月に一度の逢瀬の約束は、その倍近くに違えられた。桃の節句が過ぎ、美穂の誕生日に合わせ、森一はどうにか時間を算段することができた。土曜日を休診にし、列車で芦原《あわら》へ向かうのである。座席で待つ森一の顔を見るなり、美穂は「森一さん、やつれたわ。無理しているのでしょう」とため息を漏らす。

駅前で予約したレンタカーに乗り込み、路肩に雪が僅かに残る舗装道路を時計回りで東尋坊へ向かうことにする。九頭竜川の河口部を二度渡り、眼下に海と川を隔てる突堤をやり過ごし、小高い丘に立つレストランで昼食をとる。ここから目的地は目と鼻の先である。

東尋坊の断崖の際では、寄せ波が轟く眼下の岩礁から外海まで、ひと目で見渡すことができる。九頭竜川の河口に端を発して連なる海食崖が柱状に切れ込み、すぐ沖合には苔色の緑に覆われた雄島が浮かんでいる。空は高度を上げるに従い青く澄み渡っていくが、水平線は薄い凍雲に覆われ、強風に煽られた波頭が初春の陽光を反射している。森一は河北潟の砂地に車を停めて、美穂と一緒に眺めた海を思い出した。僅かに身体を寄せた美穂の重みが蘇る。あれからどれだけの歳月がたったことだろう。

季節が冬に逆戻りしたような北西風に総身が凍え、ふたりは逃げ込むようにタワーへ飛び込んだ。がらんとした展望デッキを半周したところで、ガラス窓越しに遠く白い峰が森一の目に飛び込んできた。白山である。稜線が少し霞んでいるが、その際立つ存在感は空の城郭のようである。

「森一さん、結局北アルプスに連れて行ってくれなかったわね」と美穂が同じ方向を眺めながら明るい調子で嘆いてみせる。確かに、おととし一緒に登った白山を美穂はとても気に入り、「次は森一さんの好きな北アルプスに連れて行って欲しい」とねだったものだ。その彼女の頼みに快諾してみせてから、随分たってしまった。

「ごめん。論文の方はもう二、三か月で決着がつく。それが済んだら」と語尾が泳ぎ、「それが済んだら」と美穂が次の言葉を促した途端、「あらら」と頓狂な声を上げた。

森一が美穂の視線の先を追って空を見上げると、切れ切れに風花が山から飛んでくるのだった。そして瞬く間に飛翔の勢いを増すと、ガラス面に次々とぶつかっては潰れ、窓一面をしとどに濡らすのである。春の雪だ。

翌朝、ふたりは宿を出ると、森一の希望で藤野厳九郎医師の保存住宅に立ち寄った。客間とおぼしき部屋の中ほどに立つと、一世紀近く前の建材や家具が醸し出す古木の香りを嗅ぎ取ることができる。そして、古民家に差し入る柔らかな外光が安らぎをもたらしてくれる。やはり診療所は職住一体型だからこそ落ち着くのである。記憶の底から父親の診療所の部屋のフォルムと、そこに居る父の気配が蘇るような錯覚を覚えた。母の目を盗み、中廊下の奥、診察室への通用口の扉を薄く開けた先に父親の背中が見えたはずである。そこで、いつか自分がその背中の持ち主になることを夢見たのだ。

　下り列車の到着を待つ間は、狭い駅舎を避け、近所のカフェで寛ぐことにした。白いテーブルに供された素焼きのカップが天窓から注ぐ日差しを浴びていた。室内に漂うカラメルの芳香が森一を古民家の微睡から目覚めさせ、芦原入りで止まっていた時計が刻み始めている。すでに意識は研究室へ向かっていた。しかし、それも美穂がテーブルに視線を漂わせ、他人事のように語り始めるまでだが。

「私にね、結婚話が来たの」

　うつむきがちにしていた顔を上げ、眩しそうに森一の目を見つめた。

「うちの社長に、以前から紹介したい人がいると勧められていたんだけど、もちろんずっと断っていたのよ。暮れにね、娘が冬休み中は私のアパートに泊まっていると言ったら、クリスマスだからと、娘と一緒に食事に招かれたの。そこに社長の甥御さんもいらしていたのよ。たまに会社に寄ることがあったので、お会いしたことはあったわ」

「どういう人間なんだ」と、森一が美穂の話を遮る。

「会計事務所を開いているのですって。若い時に結婚したけどすぐに別れて、ずっと独り身らしいわ。お話が上手で、私たち笑いっぱなしだったわ」

　いったん次の詰問を待ち受ける様子であったが、森一が口を噤んだままなので、美穂が言葉を継ぐことになる。

「結局社長がセットしたお見合いだったのね。年明けから、ずっとうるさいの。一度ふたりだけで食事をしてみないかとか、娘さんも中学生になったのだから、男親がいた方が安心だとか」

「それで、断ったんだろう」と森一は断定口調であるが、息が詰まり語尾が泳いでいる。

「もちろんよ。私は再婚する気持ちはありませんって。難しいのよね。社長の甥御さんでしょう。相手のことを悪く言うことはできないし。実際いい人だったし」

森一はつくづく己の非力を思い知らされた。自分が美穂の人生にとってどれだけの価値があるのか。そもそも、自分が彼女の立場だったら、どちらを選ぶのか。そして、自分を安閑とした繭から引きずり出した美穂を恨むのであった。

帰りの車中は話が弾まず、列車が進むのが随分遅く感じられた。森一は車窓に目を凝らしてばかりいたが、景色は無色のまま流れ去っていく。列車が急減速し、金沢駅に入るときに、美穂は森一の手の甲を指先で触れ、「私には森一さんしか居ないよ」と囁くのだった。

慌ただしい診療の合間を縫い、メールで瑠璃子を槍ヶ岳登山に誘うと、思いもよらずふたつ返事で「承諾」と戻ってきたのである。息子が進学で東京へ去り、ゆとりができたせいかもしれない。一緒になって間もない頃、瑠璃子のお気に入りの上高地を二回ほど訪れたことがあった。音を上げたら引き返すつもりで、初回は焼岳の頂を経由して上高地に入り、次は西穂高山頂を往復したのだが、瑠璃子は大して息を切らすことも鎖を怖がることもなく、余力を残して歩き切ったのである。高校二年までバスケットボールをしていたせいか、案外敏捷であった。

　数年前のことだが、森一はテント持参でひとり北鎌尾根を伝い槍ヶ岳に登った経験がある。尾根の取り付きまでは、麓の湯俣から沢沿いに遡上するルートを使ったのである。さすがにこの険路は瑠璃子に拒絶されそうで、行程は山小屋利用の道を選択した。テントや炊事用具抜きなのは楽だが、それでもふたり分のアイゼンや防寒着を揃えると、そう荷物の量が減るものではない。初夏の小屋開きに合わせ出立することにした。予報では梅雨の中休みが三、四日ほど続くはずである。休診にするための処理業務が山ほどあり、出発は診療所での待ち合わせとした。後部座席に乗り込む瑠璃子の影は普段よりずっと華奢に映る。深夜に穂高駅に着き、沢渡《さわんど》への車輛の回送をタクシー会社に依頼した。そして中房《なかぶさ》温泉で小一時間の仮眠をとると、明けがたベースキャンプ代わりにする大天井《おてんしょう》の頂へ向かうのだった。

　お互いが相方に休みたいと申し出ずに登り続けたためか、大天井手前、燕《つばくろ》岳の山荘前に随分早く着いてしまった。もっけの幸いと、ザックを山荘に預け燕岳頂きを往復することにした。白肌の花崗岩の方々に残雪が厚くこびり付いているので、足の運びに神経を使いながら進むうちに、山荘での一服で一旦乾いた肌がまた汗ばんでくる。連れはと振り返ると、森一の踏み跡を辛抱強く辿っている様子が見えた。頂から望むと、槍の穂先が穂高連峰の北端に見事に突き出ている。写真を撮っている連れの肩を叩き、背後を指差した。こちらは雲海の果てに富士が頭を見せている。ふと、研修時代を過ごした横浜の病院の屋上で眺めたこの山の姿が瞼に浮かんだ。夜勤明けに逆上《のぼ》せた頭を冷やそうと屋上に上った時のことである。吹きつける風を全身で受けながら、富士の向こう側から日本海へ連なる広大な山脈に思いを馳せたのだ。その連なりの果てに、自分の育った故郷があるのだった。

燕から平坦な道を進み、大天井岳の小屋に到着する。色にこそ出さないが、森一は普通ではない己の憔悴振りに戸惑っていた。頭も脚も重く、椅子に腰掛けた途端、上瞼が自然に落ちてくる。睡眠時間を削り、診療所と大学を往復しているうちに随分と体力が落ちてしまったようである。今回の歩行ルートを、事前に二万分の一地図に書き入れてあった。それを山小屋の主人の前で広げ、ルートのチェックを依頼する。北鎌への分岐にあたる貧乏沢から北鎌沢出合まではまさに未知のルートであり、その先の槍への上りも経験済みとはいえ、この数年で大きく変貌している恐れがあった。三十名ほどの泊まり客は、三割程度が常念方面、七割程度が東鎌尾根へ入る客である。東鎌から先は不明だが、夕食のテーブルで伝わってくる会話から推測すると、一、二組のパーティーが貧乏沢から北鎌へ回りそうである。

翌朝、握り飯を食堂で受け取り、ヘッドライトを点けて宿を出る。天頂付近の星々はかろうじて確認できるが、山裾から吹き上げられた濃い霧が立ち込め、行く手はほとんど見通しが利かない。天気の変わり目に来ているようである。連れは菫色のウィンドブレーカーを羽織り、アイゼンや余分な水筒を森一に預け、かなり身軽になっている。

貧乏沢の口からしばらく下ると、空の底が白々と明けて、頭の鉢を強く締め付けていたヘッドライトを外すことができた。樹林帯に入ると再び暗がりが戻ってくるが、足元が見えないほどではない。山小屋の主人が言ったとおり根雪は消えていて、岩襞に氷結が貼りついている程度である。ただし、窪んだ砂礫地ではどこからともなく流水が出現し、先行パーティーの踏み跡を消している。無彩色の地面にばかり気を取られて進むうちに色彩感覚が失われていく。灰緑と褐色ばかりの傾斜地にシナノキンバイの明るい黄金色が点々と散っているのに気づくと、催眠術にかかったように視線が引き寄せられるのだった。

北鎌沢出合に辿り着く頃に、俄かに風が強くなった。雲間の所々に覗いていた空があっと言う間に埋め尽くされていく。ここから先は数年前の北鎌登りで森一がルートの選択を誤り、険しい巻き道で時間と体力を散々費やした岩稜帯である。その経験が生きてか、多少は手際良くよじ登ることができる。独標を越えると高度感が飛躍的に増し、宙へ身を乗り出すような岩登りを強いられる。振り返って連れの表情を窺うと、今回の山行で一番といっていいほど真剣な眼をしていている。いや、真剣どころか、森一の目には彼女の瞳がこれ以上ない怒りを帯びているように映るのだ。

黒雲が厚みをどんどん増し、周りの峰々が闇に沈んでいく。岩壁に穿たれた通路の幅がどんどん浅くなり、辛うじて靴底を載せることができるほどである。大小の砂礫が靴の裏で弾かれ、谷底へ転げ落ちる音が聞こえる。先の登山で、ここからアンザイレンする男女を見たことがある。突然そんな記憶が蘇った。強い横風に全身が揺さぶられるため、丁度肩の高さの辺りから飛び出る岩瘤にザックが引っかかりそうになった。岩稜が頭の上から覆い被さる隘路を、屈んだ姿勢のまま抜けるとき、ザックの重みと横揺れで、引力の底へ背中から引きずり込まれそうになる。風の唸りに交じり、空耳なのか、美穂の呼び声を背後で聞いたように思った。「森一さん」という低く艶のある声である。早く美穂に会いたいと思う。

短い悲鳴が上がり、振り返った森一の目の端に地の底へ吸い込まれる菫色の物体の影が過った。膝が勝手にがくりかくりと音を立て打ち震える。臍から下の力が抜けてしまい、なかなか足を踏み出すことができない。どうにかここを登り切ったところで、待ち構えていたかのように眩い稲妻が走る。襞となって縦横に発光し、まるで暗い空に描かれた蜘蛛の巣のようである。目前の尾根のすぐ向こう側で雷鳴が轟く。小一時間もしない内に大雨になるだろう。まず、雨が酷くなる前に、この先のもう一つの難所を越えることを考えていた。

翌日県警により、岩床に横たわる遺体の位置は確認されたが、収容は先延ばしとなった。速度を上げて北上してきた台風が梅雨前線を刺激し、中部山岳地方が暴風域に包まれたせいである。

とにかく森一の思惑は、ついに形をなした。

茫々と雨に煙り、人気が絶えた槍沢を駆け下りる。こんなに急くのは、遅れを取り戻すためなのだが、そもそも何に遅れているのかは頭から抜け落ちている。広げていた傘は邪魔になり、とっくに畳んでいた。雨と風のどよめきで人の足音が聞こえないのか、草地に踏み込むと、猿の群れの只中にいた。十数匹もの集団が、悪鬼から逃れるかのように、恐慌状態で四方へ散り散りとなる。森一は昨夜から取り憑かれた悪寒が益々ひどくなり、頭が割れるように痛み、足元で地面が溶けていく感覚に襲われていた。麓の横尾を過ぎるあたりで幾度も吐き気を催すのだが、丸二日も食事をとっていないせいか、苦い胃液が喉の奥に込み上げるばかりである。沢渡で車に乗り込み、ヒーターを最大に上げても、凍え切った身体は全く応えようとしない。意識が奈落の底に引きずり込まれそうになる。路肩に車を停めてはうたた寝を繰り返したため、金沢に入れたのは真夜中を過ぎた頃となっていた。

車から降りて門扉を開けた途端、玄関脇で白いレースを被った影がじっと佇立しているのが目に留まる。その衛視のような影に思わずたじろいだが、目を凝らすと、花盛りのヤマボウシである。

鍵を開け三和土に立つと、居間から明かりが洩れていた。

ソファーに瑠璃子が腰かけている。

「あなたどうしたの、そんな真っ青な顔をして」

森一は妻の顔を凝視するばかりである。衛視姿のヤマボウシのように、これも錯覚なのだと自分に言い聞かせる。しかし煌々とした蛍光ランプに照らされた顔は瑠璃子の面貌そのものだ。

「そんな泥だらけの恰好をして、山にでも行っていたの」と、瑠璃子が冷ややかな笑みを漏らしてみせる。森一は扉のノブに手をかけ、どうにか身体を支えながら声を振り絞った。

「君も一緒だったじゃないか」

「馬鹿げたことを言わないで。どうせ、どこかのいい人と遊んできたくせに」

森一の意識がゆっくり薄れていく。その目の前に、封を切った茶封筒が突きつけられた。

「博士審査の結果がきているわよ。おめでとう」

声にならない声を吐き出し、森一は膝から崩れ落ちていった。

明けることのない闇が訪れる。

四　幽霊と宇宙人

　最初に室内のしじまを破るのは胡乱極まりない若い男のはずだ。その予想は当たった。

「寂しい奴だな。あんたは余計なものを削り落として、人生をシンプルにしたかっただけなのだろう」

　私はぎょっとして、悲惨な艶事を語り終えたばかりの中年男の表情を窺った。私が彼であったなら、大立回りを演じたかもしれない。しかし、その面差しは何も露にすることなく、韜晦の底に深く沈んだままである。

　続いて毒舌男の口から出た言葉は思いがけないものであった。

「おい、幽霊。次はお前の番だ」

　私は男の視線の向かう先に気づき、今までの遠慮をかなぐり捨て、女の顔つきを仔細に眺めることになった。女は無礼な男の鋭い視線をものともせず、逆に睨み返している。瞳の奥では相手を蔑むかのごとく蠟燭の炎が震えている。

「私が幽霊ですって」と言い返した声は、私が初めて聞いた女の声であるが、想像していたより高いトーンである。

「そのとおりだ。お前はこの辺り一帯では知らぬ者なき有名人じゃないか。ひもすがら尾根から尾根へと漂っているのだろう。剱のテント場で、飛騨を歩いて半世紀という元気な爺さんにいろいろ聞かされたぜ」

そこで男はおもむろに地図を取り出すと、手許で広げてみせるのだった。薄暗がりでもはっきり見える眼力の持ち主のようだ。

「日本海側の朝日岳からこちらは野麦峠まで、おまえの黄色いカッパ姿を拝んだ奴がごまんといるらしいじゃないか。その活きのいい爺さんもお前を一度は見かけたそうだ。烏帽子《えぼし》から針の木へ抜ける稜線でね。お前はずっとその爺さんの半キロ先を歩いていた。半キロ先を行くハイカーなら、爺さんは十五分もあれば大概追い抜けるらしい。ところが、この時はどれだけ足を速めても黄色ガッパに追いつけない。代わりに途中で追い越した同年輩のハイカーに声をかけられたということだ。あんた、あんまり急ぐと前の女に追いついちまうぞってね。爺さんは耳を疑い、女なのかと聞き返した。遠目で若い男の子だと勘違いをしていたのだ。そのハイカーが真顔で言ったそうだ。あの女は山幽霊とか飛騨のものの怪と呼ばれている。あんたは知らないのかもしれないが、あいつの傍を歩くと、落《らく》に巻き込まれたり、ザイルが切れたりするから、皆近寄ろうとしないのだよ。私もさっき横を抜き去られたときは総毛立ったほどだと。

爺さんはそのお節介な忠告を聞き流すと、意地になって針の木小屋までお前を追いかけたそうだ。しかし黄ガッパは針の木頂上への道を遠ざかるばかり。針の木の登攀にかかろうとして爺さんは突然我に返った。その時の爺さんの入山は岩魚釣りが目的で、山歩きはついでの暇潰しのはずだったのを思い出したのさ。未練はあったが追跡をあきらめ、爺《じじい》はそこから平《ひら》ノ渡し場へ下降した。黒部の川べりに降り立つと、丁度舟が岸から離れるところだった。爺さんは次の便を待つことにして岸辺の岩に腰かけたそうだ。そこで水筒の水を飲みながら、離れていく渡し舟の甲板に目を遣った途端、腰を抜かしそうになったんだと。針の木へ登ったはずのおまえが、船縁に座っていた。面相はわからんが、背格好といいカッパの色といい、お前に間違いないそうだ。あんたが霊魂になって、針の木から飛んできたのだろう」

女は表情を崩すが、目には相変わらず侮蔑の光が認められる。

「せっかく山まで来て、こんな狂人に会うなんて思ってもいなかったわ」と呆れたといった調子で言い、更に「そういうあんたは何なの。あんたこそ物の怪の片割れといったところでしょう。そもそも人のことを幽霊だとかいい加減なことを言って、あんたに何故そんなことが分かるの」と続ける。

「それは俺が宇宙人だから分かるのさ。宇宙人の慧眼はごまかしようがないぜ。地べたに縛られた哀れな霊とはわけが違う」

女も自称医者の中年男も息を止めて黙りこくってしまい、独りだけ私の哄笑が小屋の中に響き渡った。

女は気を取り直したか、嘲弄するかのように言い立てる。「あら、あんた宇宙人だったの。どこから来たの。火星から」

「火星人なんぞと子供じみたことを言ってもらっては困る。俺は地球人が射手座と看做す星座の出身だ。その星はここから一万七千光年ほどのところにある」

「あなたは一万七千年をかけて地球に来たって言いたいの」と、あくまでも茶化す調子で女が続けると、若い男は多少の揶揄など気に留まらないのか、素直に首肯するのである。

「そのとおりだ。ただし、好んで来た訳ではない。島流しならぬ星流しというやつだ。ひどい刑罰だよ」

女が笑い声をたてた。初めて聞いた女の朗らかな笑いである。

「あんた、その星で何をやらかしたの」

「殺しだ。俺の可愛い相棒を侮辱された復讐さ。まあ、我が種族の百万年の歴史上初めての殺人ということで、大騒ぎになったがね。あげくに光速宇宙船に乗せられて、こんな蛮族の棲家に流されたって訳さ」

「その殺人鬼が何故こんな山の中をウロウロしているの」

「三千年前にこの山に着いたからだ。星流しの刑期は三千年だから、そろそろ迎えが来るはずだ。俺はここで迎えの船の到着を待っている」

女がまた、先ほどより一層高く、乾いた笑い声をたてる。

「射手座星人は程度が低いのね。どうしてこんなややこしい場所を流刑地にしたの。ゴビ砂漠の真ん中だとかエベレストの天辺にすれば分かり易いじゃない」

お返しとばかり男は鼻先で笑い、「向こうを発つ時点では、ここそが一番分かり易かったのさ」と答える。「ここが地球で一番高い場所だったからだ。昔はここに標高一万メートルの山がそびえていた。そいつが噴火で崩壊し、残骸としてかろうじて残ったのが穂高連峰だ。俺が着いた時には一万メートルの山なんぞ跡形も無くなっていた」

ここまで聴いていて、私は男の与太話を面白く感じ始めていた。昔、山仲間の先輩から似たような夢想を披露されたこともある。ある程度練られた上での与太のようだ。もしかしたら、至る所でこの手の話を言いふらしてきたのかもしれない。

女はもう相手をするのもうんざりといった体で、男から目を逸らし、手にしていたマグカップの内側を見つめていた。息を詰め気配を消していた医者が身動きし、無言でウィスキーボトルを女のカップに傾ける。

器の縁に口をつける女に向かって、執念深い宇宙人が大声で呼びかけた。その声が空気を震わせたのか、蠟燭の炎が陽炎のように揺らぐのである。

「俺の話は後回しだ。先ずは幽霊、お前の番だ」

五　水晶の光

女の名は玲子という。母親にこれだけ疎まれ、蛇蝎のごとく扱われることになったきっかけが何だったのか、ベッドで仰向けになり、東の空が白々と明けるまで考えをめぐらせたことがあった。十五になった頃である。

物心がついた頃まで記憶を辿ると、飯倉の狭い坂道に行きつく。

東京の風景の変遷と軌を一にしてきた街ではあるが、この頃はまだ、玲子が生まれるずっと以前の名残を方々で眺めることができた。この辺り一帯は高台で、暖斜面に小さな家がへばりつくようにひしめいていた。台地の勾配を北側へ下ると赤坂、虎ノ門、西側へは六本木、南側へ延々と進むと東京湾へ落ち込むのだ。時が流れ高台の鞍部には高層建築がそびえるようになったが、上面が変わっても土地そのものの高低《たかひく》だけは変わらず、そのおかげか、消失した風景が蘇る時間が訪れることがあるのだ。それは真夏、暗闇に沈んでいた家屋の屋根やビルディングの壁を、日の出の陽光が一様に白く輝かせる瞬間である。時代とともに新しく盛り込まれた町の目鼻立ちが光の渦に埋没し、土地の起伏だけが浮き彫りになるのである。

玲子の家は近隣の人々が団地と称する公務員住宅だった。商店が軒を並べる下の町まで行くには、くねくねと縦横に走る細い坂道を伝って行かなければならない。ある朝、幼稚園の始業時刻に遅れそうになってしまった玲子が、慌てて内階段を駆け下り、路地へと駆け込んだのだった。狭い急坂なのだが、車道に沿って歩くよりずっと早く幼稚園に辿り着けるのである。路地の口まで母親が見送りに出ていた。前夜の雨でそぼ濡れたアスファルト敷きの坂道を、玲子は転がるように走り抜けた。そして、舗装が石畳へ変わる箇所に差しかかったところで、足を思い切り滑らせたのである。左腕に痛みが走り、肘から掌底にかけて大きな擦り傷ができ、血が滲み出ている。悲鳴が喉の奥からから絞り出る寸前に、玲子は頭の中で母親の輪郭を探し求めた。母はとっくに家へ入ってしまったはずだ。しかし、仰向けの姿勢から身体を捻り、坂の上手に目をやると、そこにはまだ母親の姿があったのである。タガが外れたように、視界が曇り出した。涙をとおし母の影が駆け寄ってくるのを認めると、もう大丈夫と、玲子は安心して喚き始めたのだ。

母親の折檻が始まったのは小学校に入学して間もなくのことであった。その日が訪れるまで、母の怒りは澱の底で発酵し続けていたのかもしれない。それまでも、母の口から「落ち着きがない」「嘘をつく」「習い事が続かない」「本を読まない」と小言や叱責を浴びせられてきていた。とくに母が気に食わないのは「私の言いつけを耳に入れようとしない」ということである。玲子はけっして無視するつもりはなかったのだが、母の説諭を聞いているうちに、ふとあらぬ空想が頭の上から降りてきて、そちらに気を取られてしまうのだ。気がつくと、降りてきた空想がどんどん膨らんで、それにどっぷり浸かっている隙に、顔が母からそっぽを向いてしまう。玲子の性癖は母に対してだけのものではなく、学校の先生でも友達の前でも起きるのだが、多分母は自分に対してだけだと思っているのだ。

玲子が幼い運命論者になったのは、梅雨の走りの雨がベランダを濡らした日の、ある出来事がきっかけである。「そこへ座りなさい」と、母が自分の前の椅子を顎先で示す。

「あなた、公園の猫に食べ物やったわね」

玲子は僅かに言い淀み、そして慌てて断固と否定した。言葉に詰まったのは、一瞬いつの話なのか頭が錯綜してしまったからである。

「野良猫に餌やりは駄目だと決まっているのは知っているわね」

公園と称されているものの、玲子の住む集合住宅の北側にある草むした空地のことである。そこでは自生の楠が巨樹となり、四季を問わず空地の隅々まで樹影が覆っているのである。隣接する戸建ての庭との境は、一辺がツツジの植え込み、もう一辺がブロック塀で隔てられている。その植え込みと塀の際に毎年子猫が産み落とされるのだ。大楠の太い枝とブロック塀、そして伸び放題の藪が風雨を遮り、野良猫の恰好のねぐらになっているのである。以前、玲子はツツジの根元からのこのこ現れた子猫にパン屑を与えたことがあったが、母に注意されてからは止めてしまった。だから玲子が掌を猫の鼻の先に向けるのは、単に触れ合いを求めてのことなのだ。玲子が指を揃えて差し出すと、くすぐったい舌で舐めるのだが、実際のところ掌の上には何もないのである。そこで玲子は子猫の頬の下を撫でて、その日の挨拶を終えるのだ。昨日もそんなひと時を過ごしたはずである。

「私はあげてないよ」

「嘘おっしゃい。翔太君のお母さんが見ていたのよ」

翔太君は玲子と同い年で、同じ棟に住んでいる。そのお母さんが何でそんなことを持ち出したのか見当もつかない。

「隠し事はやめなさいよ。お母さんが嘘は大嫌いだということを知っているでしょう。何故注意されてもやめないの」

母の目が据わり、口角がへの字に歪んでいる。

突然いつもの空想が天上から降りてくる。玲子の頭の中は猫を飼うことだけでいっぱいになる。もしかしたら、翔太の母親に虚言を弄されたことに向き合うことができず、心が隣の世界へ移ってしまったのかもしれない。そう、猫を家に連れてきたらどんなに楽しいだろうか。うちに来たら名前をつけてあげなくては。気持ちのいい寝床を作ってあげよう。

寝床の場所をどこにしようかと、首をあちこちへ回らせた。

母親が立ち上がり、玲子の頬を思い切り引っぱたく。玲子が我に返り、何が起きたのか確かめるように母を見上げた途端、二発目のビンタが飛び、三発目が飛び、顔を伏せたところで、襟首を摑まれ、息ができないほど持ち上げられ、床へ叩きつけられる。後頭部を踏みつけられると、潰れるほど鼻が歪んだ。

小学二年、三年と進級するにつれ、折檻は激しくなっていった。学校の成績は思わしくない。何かにつけ二つ上の兄と比較されることになる。兄は成績が良く、機転が利き、両親に従順な、まさに孝行息子なのである。玲子が兄に負けないのは、足が速いことと背丈が高いことくらいかもしれない。駆けっこは大好きである。駆け回っているときは何も頭に降りてこないので、いつまでも走り続けていたいほどだ。しかし、運動会といった晴れの舞台で一着になっても、それをきっかけに日常のろくでもない行状が強調されるだけで、足の速さも彼女の愚行のひとつとしか見なされないのである。何を言っても嘘や誤魔化しと受け取られるので、なるべく黙りこくっているようにしている。そのことがまた母の怒りを招き、耳を捻じられたり、背中を抓られたり、モノを投げつけられたりするのである。

上級生になると、息苦しい毎日から逃れる隙が生じることになった。佳織という同級生と一緒に過ごす時である。佳織はスカートの丈を長くしたり短くしたり、前髪を下ろしたかと思うとそれをカールするなど身勝手を繰り返し、その度に職員室へ呼び出されて生活指導を受ける生徒であった。玲子と同じで、体育と音楽の時間だけは潑剌とする娘で、何かと馬が合ったのだ。住まいが西麻布で、示し合わせて一緒に下校することもあれば、休日に家や公園でとりとめないおしゃべりに興じたりするのである。佳織は玲子の首尾一貫しない話によく耳を傾け、それどころか面白がってさえくれるのだ。とくに彼女の家への訪問は楽しく、玲子の家とは無縁の伸びやかな空気を吸えるのである。その佳織に思い切って自分の悩みを打ち明けてみると、吐露した分だけ自分を取り戻せる気がするのだった。

「変だなと思ったこと、何度もあったよ」

玲子はどぎまぎしながら、彼女の次の言葉を待ち受けた。

「玲子の部屋に居たときさ、あんたのお母さん、扉の外で聞き耳立てていたよ。怖い奴、と思ったもの。それに、体育の着替えで、玲子の脇腹の痣を見たことがあったよ。転んでもこんなところに跡がつく訳ないから、不思議だなあと思ったもの。可哀そうに」

そして、続けて意外なことを言い玲子を混乱させるのである。

「うちは玲子のところの逆だよね。愛情たっぷりだもの。玲子が何度も叩かれているとき、私は同じ回数だけ撫でられているよ。でも、きっと叩かれるのも、撫でられるのも一緒だよ。私、親に優しくされたり褒められたりするたびに怖くなるの。何かの拍子で逆になるなって気がするの」

そんな言葉は露ほども救いにはならないが、ほんの少しだけ張り詰めた気持ちにゆとりを齎してくれるのである。

実際のところ、感情の無感覚を身にまとう術さえ習得すれば、身体の痛みや傷はやり過ごすことができるものだ。そもそも、玲子は成長するに従い自分の能力や性格の欠損を強く意識するようになり、母の折檻のおかげで少しでも真人間になれるかもしれないという希望を繋いでいたのだ。しかし、繕うことができないのは、やっと玲子にできた友達が次々と追い払われることであった。佳織も早々に睨まれ、電話を繋いでさえ貰えなくなってしまった。母によると、玲子の友達は玲子と同じかそれ以上に問題児であり、ろくでなしばかりなのだった。仮に玲子が真人間に生まれ変わったとして、そのとき誰が傍にいてくれるのだろうか。

父は役所では上の地位にいるのだと兄から聞いたことがあったが、家へ帰るや否やまず風呂に入り、食事をし、新聞や本を読みふけって寝てしまうだけの人である。玲子が打擲の痛みに耐えかねて泣いていても、勧善懲悪の現場でも眺める風で、庇ってくれることはないのである。役所からの電話に父が応対をしているとき、あるいは稀に部下や新聞記者が訪ねて来て、居間でお酒を飲んでいる時だけは、母も大声を出すことがないので、この類の時間が長く続くことが玲子の願いであった。

玲子が一張羅の服を箪笥の底に隠していたことを母に突き止められた日のことだ。教室で起きたいざこざで、同級生に肩口を引き裂かれたブラウスである。母に告げ、謝らなくてはとずっと迷っていたのだ。発覚直後にお仕置きが始まった。腕を物差しで幾度となく叩かれる。「この嘘つき、ろくでなし」と叫びながら打ち据える。じきに痛みが感じられなくなるが、皮膚が弾ける音は高まるばかりである。突然、無感覚の殻を脱ぎ捨て大泣きをしたい気持ちにかられるが、母の前で泣くのは悔しくて堪らない。玲子は母の腕から逃れ外へ飛び出した。坂を下り、大通りに沿って駆け続けると、やがて芝公園に辿り着く。この時分の玲子の安息地である。深い森の中に迷い込んだような感覚に陥る一方、ここは周囲の樹木の梢から中高層ビルの頭が覗き、人恋しい気持ちが起きないのである。ベンチに座って二の腕を押さえているうちに、痛みが徐々に引いていった。

日が傾くにつれ、枝を渡る鳥たちに負けじと囀り合う親子連れの一団が遠ざかっていく。そして、芝生でたむろしていた学生らが引き揚げると、公園の人影が一遍に疎らになり、肌に当たる風が冷え冷えとしてくるのだった。空は茜雲で埋めつくされ、そこに東京タワーの先端が溶け込んでいる。そろそろネオンが点灯される時刻だ。玲子の足元はすでに薄暗くなっている。ふと気配に気づくと、兄が目の前に佇んでいた。

兄は父に似て小柄である。その小柄な兄が、暮れなずむ公園のぽっかり空いた空間に立ち尽くしていると、とても大きな影に見えるのだった。

「お母さんが、玲子を連れてこいってさ」と、拗ねた調子で帰宅を促す。呼び出しがかかったのだ。玲子の匂いを遠くからでも察知できるのか、彼女がどこに隠れていても、母は必ず居所を嗅ぎつけるのである。

進路調査票を手許に開いたまま、時間だけが無為に過ぎていった。進路どころか明日の挙措さえかたどれないのだ。目鼻立ちが朧な未来が、ぼうっと漂っている。先のことを考えようと四苦八苦するうちに、心は昔へ引き戻されていく。長年母から受けてきた仕打ちについて。昔々坂の上から駆け下りて、倒れた玲子を助け起こした頃は、けっして自分の娘を毛嫌いしていた訳ではないはずだ。臓腑を抉るような言葉を母から投げつけられても、時には熱湯を浴びせられても、玲子がどうにか耐えてきたのは、その母が泣き喚く娘に必死で駆け寄る坂道の残像が瞼に焼きついているからだった。

何が引金で、これほど娘に憎悪を向けるようになったのだろうか。玲子のオツムが弱いからなのか。変わり者だからなのか。自分が母と違い過ぎるからなのか。顔つき、体つきはとても似ているのに。そこまで考えて、突飛な想像が浮かぶのである。もしかしたら、母は母自身を憎んでいるのかもしれない。わが身を打つ代わりに、娘を打ち据えているのではないだろうか。

進路と言っても、中高一貫なので、そのまま高等部へ進むかどうかの念押しのアンケートに過ぎない。玲子は、今の日常から抜け出したいという思いこそあれ、その方法を割り出せないまま、高等部進学を希望する欄にチェックを入れる。

その春のこと、玲子にとって小さくない転機が訪れる。玲子を始め陸上部への入部希望者銘々が、順にコーチの面接を受けることになっていた。コーチは中等部も兼務していて、玲子もそこで指導を受けていた。だから、面接と言っても単に形式に過ぎないだろうと臨んだのであるが、その場で「玲子は中距離走に回れ」と言い渡されてしまったのだ。コーチがその理由を縷々説明するのだが、全く耳に入ってこない。玲子にとっての陸上は百メートル、譲っても二百メートル走なのであって、それを超えて走る意味が見いだせないのだ。魂が抜けてしまう。自分が陸上部に進むことはない。即刻そう決めた。しかし、退部は玲子の居場所がどこにも無くなることである。沸騰する頭の片隅には冷静に自省する自分が居て、人とは違う己の性格の欠損を見つめていた。その欠損が再び玲子を真っ当な道から放り出すのだ。

十日ほど呆然と過ごし、置きっ放しの自分のスパイクを引き上げに部室へと向かった。練習の真っただ中で、部室が無人となる時間帯を狙ったのだ。名残惜しさにふらふらとクラブハウスの廊下を歩いていると、とある扉の表の貼り紙が目に飛び込んできた。「ダンス部」とある。

磁石に引き寄せられるように引き戸のつまみに指が掛かったが、そのまま身体が動かなくなった。溺れる者藁をも摑むという言葉が浮かび、駄目な自分が情けなくなる。じたばたすれば、単なる負け犬ではなく、水に溺れる哀れな濡れ鼠になるだけだ。玲子があきらめてつまみから指を外した瞬間に、内側から扉が開け放たれた。軽快な音楽が溢れて出てきて、玲子を祝福し包み込んだ。これがヒップホップとの出会いである。自分の胸を埋めてくれるものが見つかったのだ。

玲子の背丈が母を頭一つ超えると、さすがに娘に手を上げることはなくなった。しかし、顔を合わせれば玲子の一挙手一頭足に神経を苛立たせるのが手に取るように分かるのだ。ダンス部は楽しく、活動がない休日は、部員がお金を出し合い小さなスタジオを借りて練習に励んだ。小人数のせいか、陸上部の競い合うという窮屈な空気とはほど遠く、励まし合うという雰囲気が玲子にはぴったりだった。周りとのおしゃべりが苦手な玲子だが、リズムを媒介に他人とシンクロすることで、少しずつ周囲の景色が見えるようになってきた。振り付けを仲間で話し合う場で、自分の考えを伝えることができるようになる。

ふいに突拍子もない夢想に取りつかれる癖も徐々に抜けてきた。頭の上の方から降りてくるのは現実からかけ離れた空想ではなく、スウィングでありビートだ。それが玲子にしっかりとした生活の律動を与え、柔らかく背中を押してくれるのである。あれほど嫌だった朝の目覚めも待ち遠しいものになった。

二年生に進級するや否や、学校から早々と進路決定を迫られ、久しぶりに父親と話をせざるを得なくなる。玲子が大学進学を即座に否定すると、想像を遥かに超えた答えだったせいか、父は言葉を失ったまま天を仰いでしまった。その状態で親子の間に気詰まりな時が流れ続けた。玲子には確たる進路志望が生まれていたのである。しかし、父の詰問が始まるのをじっと待つうちに、用意していた釈明の言辞が通用しそうもないことに気づいていた。どう説明しても理解し合えない関係があるのだ。ダンスなど父にとっては余興の演目にすぎないことは十分想像ができる。言葉を探しているうちに、耳の奥で音楽が鳴り出す。胸が苦しく居たたまれなくなったところで、父に役所からの電話が入る。部屋を出るしかめ面の父の代わりに滑り込んできたのが兄である。話し合いの結果を気にしていたのか、聞き耳を立てていたにちがいない。同情するそぶりで囁くのである。

「親父は、国だとか政策だとかのでかい虚像を動かすのは得意だけど、膝下枕頭の理解力はゼロだからな。俺に言わせれば、どこでもいいから大学にだけは行っておくのがいいよ。どうしても他にやりたいことが出てきたら、そこで辞めればいいのだから」

玲子は頷いてみせるも、これは兄をやり過ごしたいだけのポーズだった。ただ、先送りを勧める兄の助言に反発を覚え、腹が据わったのは間違いない。ダンスの専門学校に進む。授業料は自分で稼ぐ。玲子は自分の足で立つことを決めた。

その夜玲子がベッドの上に身を投げ出しうとうとしていると、部屋の戸が勢いよく開け放たれた。玲子の目の端で、廊下の白熱灯を背に母のシルエットが揺れている。その手には出刃包丁が握られていた。その刃が玲子に向かって放り投げられ、胸の上にドスンと落ちる。包丁が生きているかのように乳房の谷間で飛び跳ね、切っ先が顎の下で震える。それはのたうつサソリである。

「玲子、あんた死になさい。うちの家系からは芸人なんか出しませんからね」

大した家系でもないくせに、と声を上げようとして口を噤んだ。玲子は薄暗闇で光る母の眼を探り、やっと気づいたのである。狂っている。私は狂っている女とずっと一緒に暮らしていたんだ。

胸の出刃包丁の柄を慌てて摑む。母の手に渡さないためである。

「明日死ぬよ。ちょっと待ってよ」

母は長いこと玲子を睨みつけ、背後の物音に気づいて踵を返した。玲子が止めていた息を吐き出せたのは、母の姿が消え一分もたってからである。母に最初で最後の嘘をついたのだ。


翌日玲子は家を出た。独り暮らしの同級生の部屋に一か月ほど居候をし、ダンススタジオのインストラクターの仲介でロサンゼルスへ飛んだ。ダンス学校には日本人が溢れていたが、ほとんどが英会話とセットの短期留学生で、玲子とは随分色合いが違うようだ。初めの内は彼女たちと距離を置いていたのだが、しばらくすると、ビザ延長のコツやアルバイト先の情報などを入手するために、交流を保つよう努めることにした。つき合ってみると、趣味的に思えた印象とは裏腹で、意欲も技術も高い生徒が少なくない。中には、日本で職業ダンサーだった年長者も交じっており、何かと玲子の面倒を見てくれるのであった。

カリフォルニアは東京の春から初夏にかけての気候が年がら年中続く地方で、当初の緊張がほぐれると、住み心地の良さに気が緩みそうになった。彼女を太平洋岸へ送り出してくれたインストラクターは、「ロスで芽が出そうもなかったらニューヨークへ移りなさい」と勧めてくれたのだった。しかし、ここで過ごすうちに、自分はこの町で一角のダンサーになりたいという意志が強まる一方となる。小遣いを貯めた貯金とダンス部員のカンパは渡航と学費に用いられ、下宿屋の前払いを済ませた時点で費えてしまった。日本料理店のアルバイトで寝食を賄う状態であるが、毎日の充実感は生まれて初めて手に入れたものだった。半年後、夢ははかなく霧散することになるのであるが。

下宿屋の扉を叩いたのはスーツ姿の初老の男である。オールバックに固めた髪が醸し出すのか、この界隈には場違いな空気を漂わせていた。辺りを憚るような含み声で総領事館の理事官だと名乗り、一瞬たりとも目線を玲子の顔面から離そうとしない。どうやって玲子の居場所を突き止めたのか。

「お母さまが日本からこちらに向かっています。迎えの車を用意しますから、明日領事館の方までいらしていただけませんか」と、男が言い放った。

恐らく父の力であろう。この大都会の人の海に紛れていても、居場所まで見つかる位ならば、世界中どこを探しても玲子の生きる場所などありはしない。禍々しい男が立っていた戸口を見つめながら、恐怖と絶望で嗚咽が洩れそうになる。

その夜の内に教室の仲間に退学手続きの代行を頼むと、ロサンゼルス国際空港から徒歩三十分ほどの安宿へと移動する。玲子には最後に一つだけ当てがあった。アルバイト先の日本料理屋で配膳をしていた折のことである。アコンカグア登頂の帰途に寄ったという数名の若い登山家たちと知り合ったのである。誘われて行った深夜のパブで、彼らの冒険譚、というより自慢話に聞き惚れて愉快な時を過ごしたのである。ダンスに熱中していても、ふとした瞬間、自分の選択が正しかったのかという不安が心中で頭をもたげるのだ。好きなことに賭けている登山家らの姿が、玲子を襲う懐疑や不安を吹き飛ばしてくれたのだ。その中のひとりが野邊覚である。野邊は玲子がプロダンサー希望だと知ると、「日本に里帰りデビューするときは知らせてくれよな」と、連絡先を書いたメモを玲子に寄こすのだった。最初は住所を書き、「手紙は面倒だからパスされそうだね」と電話番号に書き直したものである。

玲子は世界で唯一、誰もが簡単に追いつけず、自分ひとりで生きていける砦の在り処を思いついていた。そこは日本にある。

野邊覚紹介の新宿の登山用品店が段取りを組んでくれて、玲子は夏の水晶岳へ向かうことになった。夜行バスの終点は平湯止まりである。そこで運よく新穂高温泉までのヒッチハイクに成功し、夜明け前には登山口を出発することができた。

濃紺に染められたブロード地と見紛う空は、無数の星屑に埋めつくされている。やがて東から徐々に空の色が褪せ、星々の見分けがつかないようになると、薄紅から山吹色へ、地上へ溢れる光の色が刻々と変わっていくのである。高山のハイキングは初めての経験だが、足取りは順調で、高度が上がるにつれ重力の桎梏から解き放たれるように身が軽くなっていく。着替えを詰め込んだ背中のザックも重荷とは感じられない。先行のハイカーを何人か追い越し、跳ねるように登り続け、鏡平に掛かったところでようやく喉の渇きと空腹を覚えた。空と樹木が映り込む鏡平池のはるか彼方に、ジャンダルムから槍へ至る稜線が延々と連なっている。玲子は登山用品店の店長から譲り受けた北アルプス総図を広げ、方角と山座名を一つずつ確認する。店長作成の行程表では、初日は双六小屋で一泊することになっている。しかし、いざ小屋の前まで来てみると、入口を塞ぐほどの人混みに恐れをなすのだった。思い思いに憩うハイカーの群れの中に、自分を知っている人が交じっているのではないかと、胸騒ぎが止まらなくなったのである。ここでは洗面所を借りるだけにとどめ、逃げるように先へ進み、三俣蓮華と鷲羽岳の鞍部で泊まることにする。意外にもここの小さな小屋の主人は玲子が水晶へ向かうことをすでに知っており、小奇麗な従業員部屋に泊めてくれたのだった。

翌朝、水晶岳頂の肩の小屋に辿り着き、玲子の新しい生活が始まった。

十数メートル四方の中だけで完結してしまう職場とはいえ、ひとり何役と役割を担うせいか、山小屋では濃密な時間が過ぎていく。真っ暗な内に起き出すと、まず朝食や弁当の仕込みに取りかかる。食器を洗いながら登山客を送り出し、寝具を干したり畳んだり、小屋中の清掃が終わる昼前から、泊まり客が到着し始める昼下がりまでが息抜きのひと時になる。玲子は空模様が良いときは小屋の周りの散策や頂上往復を楽しみ、荒天の日は本を読んで過ごすのだった。この山は黒雲母をたっぷり含んだ花崗岩の山塊で、展望を除くとこれといった見所があるわけではない。しかし、しょっちゅう散歩をしていると、その度に新しい発見があり、飽きることがないのである。露岩の隙間を巡り歩く子連れの雷鳥の群れを見かけると、ついこっそり後をつけてみたくなる。登山道から外れた断崖の壁に、何処からか飛んできて根づいたのだろう、タカネシオガマの群生の赤紫色の花が風に揺られている。岩陰にチシマギキョウが咲き誇り、その隣で咲き終えたイワウメが小粒な真紅の実をつけているのに気づくと、時がたつのも忘れて見とれてしまうのだった。

ひと月もしないうちに、玲子が厭わないことが主人に伝わり、ほかの山小屋の手伝いにも駆り出されることになった。人手不足の時の助け合いは、普段はベテランの男性スタッフが夜道を歩いて行き来するのが常である。しかし、彼らが登山道の保全や補修で手が回らない時や、ヘリコプター貨物便の飛来日と重なると、決まってどこでも男手が足りなくなるのだ。玲子は健脚の上、悪天候に怯むこともなく、喜んでボッカを勤めることから、「この子は山の申し子だね」と、どの小屋でも評判になったのである。周囲の評価は別とし、玲子自身はこの山上の日々が永遠であれかしと願うばかりだった。

夏が過ぎると北アルプスの高山は冠雪を待つばかりとなる。この山域にあるほとんどの山小屋の営業がお仕舞いになると、玲子は臨時雇いとして麓のハイカー向けの温泉宿に移り、そこが雪に埋もれる前に安曇野の旅館へと下りて行く。みな山小屋と関わりのある宿だった。麓での生活は人の目が気になり、町中に出ると背後の足音にも怯えが走った。宿の廊下では、面を伏せ、肩をすぼめて、すれ違う湯治客をやり過ごすのである。山間の雪の中で息を潜め、春を待ち続けるのだ。

翌年、二年目の夏を迎えた水晶に野邊覚が訪ねて来た。野邊が代理で受け取っていた玲子宛の郵便物の束を持参している。それは小屋の運営会社からの給与やら保険の明細ばかりなのだが。住所はずっと野邊の自宅に置かせてもらっていた。

「ごめんなさい。溜め込んでしまって。ここの親父から安曇野の住所も教えてもらっていたけど、その内直に手渡せるだろうと、転送を先延ばしにしていた」

野邊には電話で幾度か相談事に乗ってもらっていたが、実際に顔を合わせたのは、ロサンゼルスでのほんの数時間だけである。現実に本人を目の前にすると、なつかしい旧知に会ったようで、玲子の頰は自然に緩むのであった。

「北アルプスは結構歩いたかしら」と野邊が尋ねる。改めて思い返してみると、去年山小屋を目指して歩いた新穂高温泉から水晶岳の縦走ルートと、ここから高瀬ダム経由の安曇野往還が、玲子の知るこの山脈の全てであった。

「この近くの見所を案内させてもらいたいけど、次の休みはいつだろう」

明後日だと答えると、明日の夕方には戻ってくるから一緒に歩きましょうと言い置いて、野邊はふらり何処かへ出立するのだった。


明け方スタッフらが起き出す時分には、すでにふたりは小屋の前に出ていた。大気は澄み渡り、山の端に傾く月は細い新月にもかかわらず、地球の光の照り返しを受けて、青い粒子が丸い球体の輪郭をかたどっている。野邊が、「この月、摘めそうだね」と親指と人差し指を開閉させながら腕を中空に伸ばしたので、玲子もそれに倣うと、お互い顔を見合わせ吹き出すのだった。

「今日はヨーロッパ旅行に出掛けよう」

仕事の合間、地図やガイドを好奇心の赴くままに読み漁っていた玲子は、野邊の洒落をすぐに汲み取る。

玲子の足並みは普段の半分ほどの速度なのだが、野邊と話しながら歩いていると、時間も景色も走るように流れていく。朝日が昇り、眼下に伸びる山襞と、広大な台地の緑を白々と輝かせる。

「ところで野邊さん、昨日はどこへ行っていたの」

少し言い淀んだ末、野邊が白状する。

「今日のハイキングの下見と言おうか、本日のメインイベントのつもりでいる秘湯の調査だよ」

「調査って、何を調べに行ったんですか」と、玲子の瞳が好奇心で輝く。

「ちゃんとお湯に浸かれるかです。高天原の野天風呂に挑戦するのはこれで三度目なんだけど、一度目は水不足でお湯が枯渇、二度目は逆に大雨で池みたいになっちゃって。僕の運の悪さに君を巻き込んじゃ申し訳ないと思って」

ふたりはスイス庭園、ギリシア庭園と称される遊歩道をゆっくり巡り、奥スイス庭園へと向かう。風に侵食された溶岩台地をハイマツが覆いつくし、辺り一帯は緑の平原と見紛うほどだ。岩石群は長い時間をかけて風雪に押し出され、山頂から雪崩れてきたものだ。その岩の狭間にできた砂礫地に、白色系の花弁の高山植物が争うようにひしめいていた。その群生が疎らになると、代わりに艶やかな色合いのハクサンフウロやミヤマリンドウが顔を覗かせる。かん高い嗄れ声に驚き、玲子が青空を見上げた先に、悠々と浮遊するホシガラスが下界を窺っている。周囲を見渡すと、四方に稜線を際立たせる高い峰々の裾野の合流点に、今自分たちが立ち尽くしていることが手に取るように分かり、不思議な感動に襲われるのである。

玲子はお昼にと握り飯をふたり分用意していた。野邊は「ありがたい。僕は君にカップ麺を付き合わせる魂胆だった」と喜び、「せめて味噌汁を作らせてくれ」と言い、素早くコンロでお湯を沸かすのである。出会った経緯からいって、玲子は野邊が海外の高山を巡り歩いているクライマーだと思い込んでいたのであるが、野邊は屈託ない笑い声を上げて否定するのだった。

「僕は国内専門だよ。僕が行った外国の山は、キリマンジャロとエベレストと一昨年のアコンカグアだけだ。このうちピークを踏んだのはキリマンジャロだけ。エベレストもアコンカグアもベースキャンプ止まりさ。これはほぼボッカのバイトだよ。海外のピークに興味がないわけじゃないけど、先立つ資金がなくてね。キリマンジャロは僕が初めて登った山らしい山で、学生時代にバイトでお金を貯めて、ハイキングツアーに入ったのさ。山が目的というより、キリマンジャロが出てくる小説のイメージを味わいたくて行っただけなんだ。おかげで、読書より山に打ち込むことになった」

「あなた普段何をしている人なの」と思わず玲子が尋ねる。

「養護学校の教員さ。この仕事は長期の休みを取り易いって聞いていたのだけど、十分とは言えないよ」

玲子の口許から笑みがこぼれた。今日は幾度も笑って、まるで一生分の笑いを一日で使っているみたいだと思うと、また顔が綻ぶのである。

「アコンカグアの時も、勤続十年ということで強引に休みを貰ったのだよ。校長には十年位休んでいいよ、と脅かされたけど」

山中の出湯は何か所か湧いているとのことであるが、野邊は玲子を男女別に掘られた野天に案内する。

「久しぶりの温泉なのに急かして申し訳ないけど、三十分後にこの道で待ち合わせよう。この後のルートは少し時間が読めないので、万全を期したいのだよ」

湯浴みを済ますと、疎らに踏み跡が残る草道を抜け、この台地最深部の池塘群を往復する。ふたりの足元で森の径が突然終わり、前触れもなく現れた夢の平は、此岸と彼岸を隔てるガラス窓を透かして望む、造り物じみた景観であった。鳥の声も風の音も途絶えた無音の世界に立つと、お互いの衣擦れや呼吸だけが空気を震わせるのである。池のほとりで野邊は大きく伸びをすると、「ここにテントを張って、夕日を眺めるのが最高だけどね。次回に取っておこう」と、誰にともなく呟くのだ。

玲子らは湧き湯が点在する唐松林あたりまで戻ると、水晶岳直登を目指し、薄暗い樹林帯の中を抜けて行く。道筋が藪や崩落により方々で途絶え、その度に野邊が方位磁石を取り出し進路を確認する。涸れ沢沿いの砂礫が積もる傾斜に四苦八苦するうちに、突然森林限界が現れ、見上げる先に黒々とした水晶岳の壁がそそり立っていた。

ふたりは岩塊に噛り付くと、急な岩場を刻んで行き、やがて稜線上の登山道に飛び出すのだった。

西の空では雲海が低く垂れこめ、澄みきった空との境が橙色に染まっている。日没には間に合わなかったが、まだ余光が岩稜を温かみのある色で包んでいた。

闇に溶け込む淡い残照に背を向けて歩み出すと、野邊が首を僅かに回して玲子に話しかけるのである。

「どう、山は好きかい」

問いかけの意図を掴みかねて、玲子は前を行く男のうなじ辺りを凝視した。

「小屋仕事のことじゃなくて、山歩きのことだけど」

「好きかというと」と玲子が言う。「今日、好きになったわ」

野邊は振り向くと、玲子の目を眩しそうに、しかし真っすぐ見つめる。

「水晶はあと二か月で小屋仕舞いだろう。下の旅館で働き始める前に一週間でも二週間でも休めないか。ここが冬に入っても、その季節の日本には登山日和の山が沢山あるんだ。そのいくつかを一緒に歩かないか。貧乏旅行で良かったらだけど。窮屈かもしれないが、拠点は僕の住まいにしてもらえればいい。これ又ぼろアパートで申し訳ないが」

玲子が首を傾けて「考えておくね」と答えると、野邊の息が止まりかける。そして、一拍置いて玲子が「きっと、行くと思うよ」と繋ぐと、男は緊張がほどけたか、風の音に負けないほどの息を吐き出した。闇は益々深みを増していくが、ふたりの足は帰途を嫌がるように歩みを遅くするのであった。

八月末の水晶は礫隗が飛び散るほどの強風が吹き荒れていた。雨粒こそ落ちてこないが、東の空から押し寄せてくる黒雲が段々厚く嵩を増している。

女性がひとり頂上付近で歩行困難になっているという知らせが、下りてきた登山客からもたらされた。露岩を越えようとし、風圧で転倒した模様である。小屋主に促され、玲子と男性スタッフふたりが布担架など救助用具一式を抱えて上へ向かう。怪我はたいしたことなく、頭を打ち、たん瘤ができた程度である。腕で庇おうとしたのか、掌底から肘まで大きな擦り傷ができている。その傷跡を見た瞬間、玲子は嫌な気持ちになった。ずっと眠っていた飯倉片町の石畳みの残像が目の前に現れ、胃の辺りをぐっと締めつけられる。雲ノ平の裾から煙霧が勢い良く沸き上がり、登山道を覆い始めていた。

山小屋に戻ると、小柄で恰幅の良い男が、足元から巻き上げる風を避けるでもなく、入口を塞ぐように仁王立ちとなっている。「玲子」という声に身が強張り、おそるおそる仁王の顔を見ると、そこにいるのは兄である。息ができなくなった。誰が自分の居場所を教えたのか。地上とここを結んでいるのは、野邊覚と登山用品店の店長だけのはずである。しかし、ふたりに飯倉の家族の話は一切していないし、彼らに尋ねられたこともない。

「やはり間違いなかったか。玲子の高校の先生が、登山の雑誌におまえそっくりな山小屋の従業員が写っていると教えてくれてね。問い合わせても埒が明かないし。電話も通じないじゃないか。結局、ガイドを雇ってここまで来てしまったのだよ」

　垂れ込む雲霞が小屋を包みだす。湿り気が肌に纏わり、いよいよ雨になりそうだ。

「しかし、ひでえ所だなあ。ここまで来るのに、家を出てから丸々三日もかかったよ。空振りじゃないかと思って、何度も取って返そうかと悩んだんだぜ。足の先も腫れてしまったし」

　そこで兄は玲子の瞳の奥に怯えの徴を感じとったのか、急いで話を本筋に戻した。

「家に戻ってこい。一緒に帰ろう。親父に玲子を連れ戻せと言われている」

　玲子は無意識に目を見開いた。頭の芯で警戒警報が鳴り響き、悪寒が背筋を走り抜ける。

「おふくろのことを心配しているのだろ。おふくろは死んだ。癌でね。ほら」と腰のポーチから、銀鎖のペンダントを取り出し、玲子の顔の前に突きつけた。

「形見だよ。玲子に会うことがあったらこれを渡してくれと頼まれた。とにかく帰ろう。ここに義理があるだろうが、僕の方からきっちり説明するから」

玲子は兄を振り払うようにスタッフ部屋に駆け込んだ。過去が一挙に噴出し、その奔流が記憶を閉じ込めておいた壁を壊し、首から上が臨界点をはるかに破って沸騰している。そして、逆に身体は氷のように冷え切っているのだ。兄から掌に押し付けられたこのペンダントのことはよく覚えていた。トップは精緻に刻まれた瑪瑙のカメオで、母の宝石箱の真ん中に鎮座していたものである。母の留守中に宝石類を玩具にして遊び、ひどく叱られたことがあった。その最中に、カメオの裏に薄いケースが隠されているのに気づいたのである。恐らく、その蓋を閉じるのを忘れたため、悪戯がばれたのに違いない。玲子はカメオを裏返し、何気なく蓋をずらしてみた。褐色の平たい種子が入っている。香り袋の代用かしらと、鼻を近づけても何の匂いもしない。その途端、兄の嘘に感づいたのである。あの人が癌なんかで死ぬ訳ない。恐らく麓で待機しているはずだ。それどころか、兄の後ろから踵をついでここに向かっているかもしれない。だとすると、もうこの先の三俣蓮華あたりまで来ている恐れもある。

玲子は同室の学生バイトに声をかけ、携帯電話を借りると小屋の外へ飛び出した。ついに雨滴が岩の上で音を立て始めている。日没には間があるが、すでに闇が広がり、小屋を囲う石積みの輪郭が暗がりに紛れ始めていた。携帯の電波をキャッチできる場所が、山小屋付近に一か所だけある。その三坪ほどのエリアに入り野邊の電話番号を発信するも、無駄に呼出音が続くばかりである。留守録に変わったところで、「助けてくださ い」と叫ぶはずの声をすんでのところで呑み込んだ。たとえ通じたとしても、今から助けに来てもらうのは絶対無理なのだ。せめてできることは、「玲子です。野邊さんさようなら。あなたのところへは行けなくなりました。ずっと元気でいてください」と電話口に早口で囁くことであった。

部屋へ取って返すと、借りた携帯と一緒に愛用の双眼鏡を、「お礼よ」と言って学生バイトの手に押し込む。水晶での休日散策に備えて麓から持参したものであった。その娘が羨ましがっていたので、秋の小屋仕舞いの日にプレゼントするつもりでいたのだ。手早く私物をザックに放り込む。愛用のＬＥＤ型のランタンも忘れないようにする。畳んであったレモンイエローのレインウェアを広げ、急いで着込むと靴箱の並ぶ戸口へ走る。

息を詰めて靴紐を結んでいるところを兄に気取られる。目端の利く兄のこと、十分警戒していたのだろう。兄の怒鳴り声が耳に届いたか、連れのガイドが食堂から飛び出してきた。かつて玲子を訪ねてきた総領事館の理事官を痩身にし、口髭を貯えさせたような面相である。勢いよく玲子に摑みかかる男の腕の先を、間一髪でかわし、登山道の夜闇の中に飛び込んだ。一段と強くなる風雨をつき、男が距離を詰めてくる。

兄に何と吹き込まれたのか、まるで玲子を不倶戴天の敵と思い込んでいるようである。サンダル履きなのに、とてつもなく足が速く、怯むことを知らないようだ。しかし、玲子にとって、ここから頂上までは目を瞑っても歩ける道である。真っ暗闇の岩道を駆け続けると、殺気立つ気配は雨音の後ろへ徐々に遠ざかっていった。

野邊と攀じ登り尾根に飛び出した険路を左に分け、真っすぐ突き進む。ここからは未知のルートなので、ヘッドライトを点け、地面を照らす。

まず黒部湖まで降下して、その先のことはそこで考えるつもりである。

峰々の隙間からこの世ならぬ咆哮が轟いた。山肌に大きく開いた口が喚いているかのようだ。雨と風が足元から顔面に向かって礫のように打ちつけ、玲子を身体ごと空へ吹き飛ばそうと煽る。

両足が地上から離れ、虚空を舞い、じきに知覚が薄れていく。

六　射手の正体

　その冒険譚がまだ続くものだと悠長に構えていると、女は背中を丸め、自分の膝を抱きしめたまま口を噤んでしまうのだった。

　飛騨沢の下り斜面で目にした、カモシカもかくやあらんといった女の身ごなしが、私の瞼の裏に焼きついていた。いかなる雷も風雨も彼女の行く手を遮れないはずである。私は女に話の続きを促したい気持ちを抑え、計量カップの底に残った酒を胃に流し込んだ。服喪中の医者も似たようなことを感じたはずだ。咳払いを一つして、物語の続きを督促しようかという気配を示すも、結局は私に倣い琥珀色の液体をぐいと飲み干すのだった。

　隣の若い男が、自分で焚きつけた女の話に毛ほどの感興を覚えないのか、室内に戻ってきた静寂を良いことに「俺が飛び出した射手座のことだが」と意気込んだ調子で話し出す。いつの間に取り出したのか、手には自前のロング缶が握られていた。どうやらこの宇宙人はビール党のようだ。

「あんたらは射手座の射手って誰のことか知っているか」

少しは黙っていられないのかと、私は「しっ」という代わりに首を左右に振ってみせたのだが、隣の医者が律儀に応じてしまう。弓を引くポーズを取ってみせると「ケンタウロスのはずだが」と得意気に声を上げる。すかさず宇宙人が「あんたは左利きだね」と観察眼の鋭さを誇ってみせると、「ケンタウロスは右利きだぜ」と空疎な指摘をするのである。

「それはともかく、射手座の射手が誰かということには両説あるんだぜ。一説では、ケン確かにケンタウロスで当たりだ。ただ、ケンタウロスは本来種族の総称だから、ケンタウロス説は正確に言うとケイロン説ということになる。ケイロンはケンタウロス族の一人で、医学と音楽、ついでに狩猟の守護神と称されている。もう片方はサテュロス説だ。似てはいるがケンタウロス族とは縁もゆかりも無い。下半身が四足ではなく二本足で、蹄と山羊の尻尾を持っている。ダンスが好きな遊び人だ。射手座を眺めて指でなぞり、四足までたどれたらケイロンだし、二足しかたどれないならサテュロスということだ。

まあ、ケンタウロス族にせよサテュロスにせよ、情欲の表象であることに変わりはないがね」

「サテュロスは、どういう性格の守護神ですか」と、情欲という言葉に背中を押されたのか、医者が好奇心を全開にする。

「破壊と創造かな。いや、そもそも本人にそれを守護するほどの意欲は無かったかもしれないが」

「思うに」と、我慢ならず私もつい口を出してしまう。

「ギリシア神話にも疎いし、射手座の足が何本かも分からないので申し訳ないが、ケンタウロスはケンタウロス座という名称で南半球の空にあるはずだ。となると、消去法でも北半球側の射手座の射手はそのサテュロス説とやらの方が有力じゃないか」

私はこの得体の知れないおふざけ男の印象が徐々に好転するのを感じていた。元来私は蘊蓄好きの人間に魅かれてしまうところがある。法螺話にしたところで、飛騨山脈に一万メートルもの高峰がそびえていたなど、夢があるではないか。私自身、美幌峠から屈斜路湖を望んだとき、あるいは大観望から阿蘇を眺めて、ここにかつてそそり立っていた山はいかほどの高さだったのかと、想像して楽しむことがあった。光速船云々なるファンタジーにはついていけないが、太古の地球のイメージには好奇心を掻き立てられる。星座についての造詣は、かつて天体少年であった私にとって馴染み深いものである。といっても、夜空に航空機や人工衛星が溢れるようになったことを境に、私の天体観測熱は急速に冷めてしまったのだが。今では、珍しい天文現象のニュースを耳にして、気まぐれに空を見上げるくらいなのだ。

私がぼんやりと往時の夢に浸っていると、急に蘊蓄男の声が割って入る。

「次は俺の番でいいな」

私に向けて呼び掛けられたものだ。

「陰々滅々な話が続いたからな。あんたの話も辛気臭そうだから、俺の方から行くぜ」

私が「喜んで」と応じる前に、女が口を挟む。

「話すのは勝手だけど、三千年分は御免被るわよ」

釘を刺されても眉一つ動かすことなく、満を持していた男が、身を乗り出して語り始めるのだった。

七　突き下ろされた剱

夢は寝入りばな、ときに真昼の白日夢として訪れるのだった。繰り返されるパターンは三つある。

ひとつは物狂おしいほどの愛しさと言ってよい。その人から引き離されることを想像すると、光にも大気にも無限に隔てられ、底なしの暗い穴に吸い込まれてしまうほどである。あるいは、それを聖なるものへの憧れと言い換えることができるかもしれない。その人の足元にひれ伏し、伸ばした腕の指先がその人の足首に触れるとき、胸の中に深い安らぎが広がっていくのだ。そして愛しさや憧れと共に訪れるのは、なぜか抑えがたい殺意なのだ。

その人は自らの死を望んでおり、ほかの誰でもなく、その望みを叶えさせるのは私でなくてはならないのである。夢の中で像を結ぶその人の後ろ姿は、網膜に刻まれたまま消えることがない。かの首筋から肩甲骨、脊柱、骨盤の湾曲、弾力のある臀部、ピンと皮膚の張る大腿からふくらはぎにかけての全てである。私の欲望は彼の後ろ姿を垣間見るだけでは満たされることはない。ところが、正面へ回ろうとすると、その人は私の視線から外れるように。すっと身体を捻るのだ。どんなに懸命に挑んでも、その人は私に先んじて身体を旋回させ、私はしじむらの真面を見ることができないのである。

右へ、次は左へと回る方向を違えても、この簡単そうな追いかけっこに勝てないのだった。旋回を数え切れないほど続けていく内に、胸が息苦しく居たたまれなくなり、呼気を求めて天を見上げると、遥か頭上に針の穴ほどの小さな光源が見えるのだった。私が通り抜け、堕ちてきた、天上の口である。

もうひとつは硬質の飛翔体に閉じ込められている夢だ。窓のない暗室に、身体を動かすこともままならず、じっと横たわっているのである。何年も何十年も、いや何百年も飛び続け、閉塞感に蝕まれた心が限界を迎える。そして、生きている証を試すために悲鳴を上げようとし、ふと気づくのであった。別の乗り物がもう一機、隣を並び飛んでおり、共に寄り添い轍のような航跡を残していることを。ふたつとも同じ速度でこの虚空を駆け続けているのだ。隣の飛翔体に乗っているのは、かつて己が忠誠を誓ったその人に他ならない。その人も私に誓っていた。お互いがお互いを永遠に守り続けることを。しかし、今は声をかけることも、かの声を聞くこともかなわないのである。並んで飛ぶ二つの飛翔体の間には、無窮の真空が広がるばかりだ。そもそも、その人は私がすぐ傍にいることを知っているのかどうか。それを伝える術がないのか。

思いを巡らせているうちに、僅かな希望は潰え、潰えた分だけ絶望の度合いが深まるのだった。

　最後の夢は墜落、そして激突の悪夢である。いつの間にか私を囲む鋼鉄の壁は熔けてなくなり、私は身体ひとつ、纏うものなき裸体のまま地表へと落下しているのだ。照準が定められた着地点に降り立つはずが、用意の足場が掻き消えている。急下降が続き、どこまでも墜ちていくのだ。相反する渇望が胸中を行き来する。一方はこの状態で永久に大気を切り裂き続けることを望み、一方はわが身が潰れることなど厭わず、一瞬でも硬い土地の上に身体を横たえたいという願いである。

　ついに激突する。肉と骨が百にも断裁され、切れ端が辺りの地面を覆う。立て続けに、もう一つの衝突音が遠くから伝わってくる。その人を迎えに行かなければならないのだが、わが身は破片となって散らばり、歩くどころか立ち上がることさえもできないのだ。眼球の隅に、雪を抱いた峰々と、澄み渡る青空と、山稜の彼方に薄くたなびく白煙が見えた。

　男の名は隆夫といい、渡島半島の日本海に面した町で生まれ育った。家業はかつて呉服屋を営んでいた。太平洋戦争を挟んで服地全般を扱い始め、今日では洋服や手芸用品を専門に商っている。父は福井から行商に訪れていた仲買人で、隆夫の祖父に見込まれ呉服屋の婿養子となったのである。隆夫は姉、兄の順に並んだ三人兄弟の末っ子で、自由放任を享受する気楽な幼年時代を過ごした。この町の物持ちは子女が中学を卒業すると七十キロほど離れた函館市の高校へ越境させるのが常であった。隆夫も兄が函館から戻るのと入れ替わるように、寄宿舎のあるカトリック系の高校へ進学したのだった。姉は教職に就きたいと。やはり函館の女子高校から教育大学へ進み、函館市内に下宿していた。

入学してから日を置かず、隆夫は進学先の選択を間違えたのを悟ったのだった。地元の高校に進むべきであった。同級生とは肌合いが随分違う。隆夫のように、在学中にこの先の進路を考えれば良いといった生徒は稀で、大方はすでに程度の差こそあれ大まかな人生の青写真を描いていた。彼らは列車に乗り込み終着駅を目指すばかりで、車窓から線路の外を眺めてみようとはしないのだ。窓外の景色の話題で盛り上がろうにも、誰も相手になってはくれないのだ。

高校に進学したら弓道部に入りたいと思っていたのだが、ここにはそれも無いのである。隆夫は中学に入る以前から姉と一緒に近所の弓道場に通っていた。高校に進学したら弓道部に入り、自分の腕前が他流でどこまで通じるのか試してみたいと、心待ちにしていたのである。隆夫の迂闊さに原因があるとはいえ、それやこれや束の間の夢と消えてしまった。代わりにこの高校にはアーチェリー部があるのを知り、冷やかし半分で入部の手続きを取ったのだった。

初めの内は、的当てゲームに過ぎないのではと高をくくり、練習にも熱が入らないままであった。その上、腕の独特の捻りなど弓道の癖がなかなか抜けず、他の初心者たちの後塵を拝する有様となった。しかし、しばらく我慢して続けていくと、弓で鍛えた腕力と背筋力が活きてきたのである。また、的当てという一点を突き詰めると、微妙な風向きや風脚を読むのも面白く、それなりに力がついてくるのだった。何よりも、クラブ活動でもしていないと、放課後から夕食までの長い時間をどう過ごしていいか分からないこともある。

寄宿舎の出入りは寮監によって見張られている。寮監の名はエルヴェ・ルナールといい、本人は「エルヴェさんと呼んで欲しい」と求めるも、言い易いせいかルナールさんが通り名となっていた。カナダ人ばかりのこの学校で、唯一フランス生まれの修道士だということだ。修道会の階級制度は知る由もないが、ルナールが他の修道士と一緒に居るときの雰囲気を読み、随分下級の人ではないかと生徒らは見立てていた。彼らが聖堂の内外で鳩首協議をする際には、ルナールは常に一歩後ろに退いて肩をすぼめ、口を挟む場面は皆無といってよい。彼の度外れた低姿勢は、この地へ転任してまだ日が浅いせいなのかもしれないが。

背格好は小柄で、年の割に髪が疎らに後退している。灰色の瞳は感情が読み取りにくく、お定まりの事務連絡は日本語で、少し混み入った話のときは英語を話す。シンプルな構文で音節のはっきりした英会話は寮生たちに好評である。そのルナールは使命感の強さなのか、早朝の開門から夕刻に門扉が閉じられるまで、玄関脇にある寮監室の窓から出入口の様子を常に窺っているのだった。また、寝台の並ぶ大部屋や勉強室を歩き回り、抜き打ちで寮生の在否の確認に勤しむのである。いわば寮生にとって最も煩わしい存在なのだ。

とはいえ、実際には寮監の目を盗んで出入りできる非常扉が自炊場の隅にあり、これこそ先輩から代々申し送りされている夜の抜け穴である。ただ、その扉から脱出するのは簡単なのだが、帰還前に巡回の守衛が施錠をしてしまうことがあり、これが厄介なのである。いざという時に備え、時間を決めて開錠してもらう役目を、寮生誰かに担ってもらう必要があるのだ。一年時の夏休み明けには、隆夫も悪友らと夜暗に乗じて抜け出すという息抜きを覚えていた。坂を下った先の喫茶で、美鈴コーヒーを喫してみたり、市電を使っては五稜郭の遊技場へ出かけ、ゲームをするのである。しかし、誰かに頭を下げ、わざわざ開錠を頼み込むのが億劫で、時計を気にしながらの夜の散歩もじきに飽きてくるのだった。

緯度の高いこの地では、夏至の訪れが短い夏の幕開けを告げる。この頃には春先に始まった隆夫の身体の変調が、のっぴきならないところに来ていたのであった。二年生に進級し、大部屋から四人部屋へ移って間もなくのことだ。夜の睡眠が浅くなり、日中は日中で絶えず眠気に襲われる。夜中に何度も目を覚ますのだが、それは悪夢に引きずり込まれるのに抗うせいである。夢から逃れるには、深い沼の底から酸素を求めて浮上するように、必死に手足をもがかなければならないのである。

始終だるさが抜けず、何事にも打ち込めなくなる。幾度も見る夢は細部まで覚えてしまい、起きている時も繰り返し反芻するせいで、眼差しの先は現実に向かわず、周囲との距離感が摑めなくなる。

相部屋の同室者に医者の息子がおり、「親父から睡眠薬を貰ってやろうか」と申し出があった。隆夫の夜中の唸り声や繰り返される寝返りに辟易したのであろう。隆夫が断ると、じきに部屋を移ってしまった。ルナールに頼み込んだものと思われる。

夏休み明け、アーチェリー場に部員が集合すると、セレモニーとして三年生全員の退部の挨拶があった。同時に新たに入部したひとりの一年生が紹介された。九州の兄弟校からの転校生ということである。緊張のせいか唇をきつく閉じ、硬い顔つきをしている。少年が「壺田智也です」と名乗った途端、終始この儀式に気乗り薄だった隆夫が顔を上げ、目を見開いた。少年の低くこもった声が耳の奥で反響していた。胸の奥底から不思議な感覚が湧き上がってくるのだった。自分はずっと昔から彼を知っていたはずである。

新入部員のオリエンテーリングは部長の役割と決まっているのであるが、三年生の指名を受けこの場で新たに新部長に就任した大波が、相談もせずに皆の前でこの役を隆夫に押しつけてきた。

「壺田君、彼が君のチューターだからね。技術的にはトップなのだが、ムラがありすぎてこの部では第四の名手と呼ばれている」

隆夫はムッとして同学年の大波を詰るように睨みつけたのだが、壺田智也の屈託のない笑い声を耳にすると、強張った頬の辺りがすっと緩むのである。無礼な大波の存在はあっという間に消えている。

「よろしくお願いします」まっすぐに隆夫を見つめ智也が一礼すると、またもや既視感に襲われた。この場面とそっくりなことが、過去のどこかで起きたはずだ。

智也に競技経験などの話を一通り聞いてみると、新部長がなぜ隆夫をチューターなど大仰な役につけたのかが合点されると共に、彼の慧眼に感心するのだった。智也も隆夫と同じく弓道出身なのだった。隆夫は町道場、智也は中学のクラブ活動という違いはあるが、この高校に弓道部がないためにアーチェリーを選んだという点は同じであった。競技としての弓で和洋の目立つ相違は作法だろう。また勝ち負けの評価基準にも天地ほどの差があるが、乗り越えねばならない最大の課題は、和弓で染みついた身体の癖をいかに洋弓向けに転換するかという点である。隆夫は翌日から付きっ切りで指導に当たることにした。智也はなで肩で腕っぷしも強くないが、筋肉の伸縮がしなやかで、隆夫は自分よりアーチェリー向きの体質だなと思うのである。

半端な時期に転校してきたためか、智也には同学年の馴染みができないようだ。大部屋は二段ベッドが林立する集団生活だが、ひとりポツンと離れていても不思議がられることはない。お互いの流儀を尊重するのが寮の気風なのだが、その分、自分から動かない限り仲間の輪が広がることがない。

寮の食堂で隆夫が食事をとっていると、智也が頻繁に傍に腰かけ、何かと話題を振ってくることになった。夏前から食欲が減退し、隆夫の足は食堂から遠退いていたのであるが、智也の相手をするために努めて顔を出していると、少しずつ皿に手がつけられるようになってきたのだ。相前後し、夢を見ることも、その夢のせいで夜中に幾度となく目が覚める回数も減り始め、日中に襲う我慢できない眠気も薄らいできた。この半年間、教室でもただ座っているだけという状態だったが、やっと教壇の声が耳に入るようになってきた。

この地では白露の季節は束の間で、夏が過ぎると冬が駆け足でやってくる。空へ水蒸気が立ち昇ると、それを秋の雪に変えるほどの冷たい木枯らしが、日夜市街を吹き抜けていく。

寮と教室の行き来ばかりで、函館の町については全くの不案内だという智也を、日曜日に市内観光に連れ出すことにする。秋季新人戦の成績が思わしくなく、大波部長の方針で日曜の午前中は朝練に当てられている。だから観光といっても、出歩けるのは午後の数時間だけということになる。隆夫も函館にさほど詳しいわけではないので、思い当たるのは近隣のトラピスチヌ修道院くらいである。

寮を出発し、坂下の停車場を折れ、しばらくぶらぶら歩くと、川を越えたところで駆け足に切り替える。女子修道院への上り坂に懸かる頃には、ふたり共すっかり汗ばんでいた。正門をくぐり抜けたところで、聖ミカエル像が中空から剱を突き下ろすポーズで来訪者を迎える。

隆夫は彫像の横を素通りしようとして足を停めた。智也が剱を握る天使の腕を見上げたまま動かなくなったのだ。

「ミカエルってどんな人でしょう。聖書に出てきますか」

智也から敬語で話しかけられるたびに、隆夫は彼が下級生であるのを、普段ずっと忘れていることに気づかされる。

「キリスト教の守護神だろ。憎き堕天使を踏みつけて、突き殺そうとしているのさ」

隆夫も智也と肩を並べ、曇り空から振り下ろされる剱を見上げた。

「僕の故郷の宮崎県に高千穂の峰という山がありましてね」と智也が隆夫の横顔に目

をやる。

「天の逆鉾って聞いたことがありますか。山の頂に矛が突き刺さっているのです。この矛には神話に残る国造りの矛だとか悪魔祓いの剱だとか、いろいろ言い伝えが残されているのです」

「それはすごい。拝んでみたいな、そんな大昔の剱が山の頂上に刺さっているなんて」

「いいえ、今刺さっているのは複製です。本物はいつの間にか行方不明になったそうです。九州人は呑気ですからね。いずれにせよ、神代の昔からあったというわけではなく、中世の修験者の捧げ物だと思いますが」

隆夫の耳に残ったのは逆鉾の縁起ではなく、智也の口から漏れた「僕の故郷」という言葉である。智也の出自については何一つ知らないことに思い至ったのだ。

「智也の家は宮崎だったのか」

「そうです。宮崎のすごい田舎ですがね。先祖の記録は何も残っていませんが、明治までは長崎に居たそうです。宮崎の僕の田舎の周りはみんな鹿児島弁に近いのですが、僕の家は少し違うのですよね。きっと長崎の言葉が交じっているのでしょう」

マリア像を眺めながら司祭館へ通じる緩やかな階段を辿って行くと、芝に覆われた前庭へ出る。刈り込まれた庭木が、清涼な空気の中で書割のように並んでいる。修道院への上り坂を全速力で上ったときの肌の火照りがすでに消えていた。木枯らしが肌を刺し、羽織るものが欲しいくらいである。夏の日焼けも褪せて、智也の細面の横顔は白い陶器を思わせた。

庭園から正門を振り返ると、裸になった木々の梢のすき間に、遠く函館山が臥せている。海峡の遥か上空の雲海に間隙があるのか、山肌に陽光が斑模様となって影を落としていた。

「春になったら」と視線を泳がせて隆夫が言う。「函館山に登ろう。昼間もいいけど、夜も綺麗だよ」

寮監室前の掲示板に隆夫の名前が貼り出されていた。実家から小包が届いたのだろう。母親に頼んでおいた冬物の衣類が届く頃だった。しかし、土曜の午後という時間帯にもかかわらず、ルナールはずっと不在で、二度三度と足を運んだが空振りに終わる。夕食時間が近づき、気の急く寮生らが相伴い、廊下を食堂へ向かい始めていた。その弾む足音を背に、再び寮監室の受付窓を覗き込んだ隆夫の目の端に、表玄関の外の闇から浮かび上がるふたり連れの影が映った。

扉が開くと、最初に目に留まったのはルナールの後退した額そのものである。つき従うように智也の顔が浮かび上がる。白い頬が明々と燃えているようだ。硬直して棒立ちになった隆夫が、そのつもりは毛頭ないものの、二人の前に立ち塞がる形となった。ルナールの灰色の瞳が心胆まで居抜くように隆夫を睨み、智也の方は目を伏せて、足許の落とし物でも探すように首を回らせるのだった。

日曜日の朝練のメニューはほぼランニングだけといっていいかもしれない。大波部長を先頭に十人余りの部員が、霜柱で盛り上がる冬枯れの耕作地の畦道を延々長駆するのである。仕上げは体育館で筋力体操をして解散、という手筈だった。寮へ引き上げる段になると、隆夫と智也はどちらともなく部員たちから離れ、グラウンドに沿った外周道路へ踏み出した。口を切ったのは智也の方である。

ルナールと智也は九州の兄弟校以来の知り合いなのだそうである。中学一年で入寮すると、そこに居た寮監がルナールだったのだ。その年は智也にとって辛い年になった。梅雨入りを前に、同居していた祖父が病死し、秋口には、後退してきたゴミ収集車に轢かれ母が亡くなった。高校教諭の父は研修で宮崎市内に宿泊しており、家には不在だった。もし、智也が隣県の中学校に進まず、父母の許に残っていたら母は死なくて済んだかもしれない。母は内臓の病の合併症で視野が極端に狭く、ゴミ捨てなどの屋外の作業はずっと父と智也の役割だったのである。

初七日も済まないうちに、たわいない巷の噂話が父子の耳に伝わってきた。母が猛然とバックする車の先に、自分の方からふらふらと向かって行ったというのだ。それも昂然と頭を上げ、前を向き。

智也は自分を苛み、それが高じて神経を病むと、母の許へ行くことばかり考えるようになった。救いの手を差し伸べたのがルナールである。実は「ルナールには用心せよ」という先輩たちからの申し送りがあり、「ムッシュウには気いつけろ」と、符丁の類が伝えられていた。ルナールは生徒の背中に腕を回したり、むやみに抱きしめたり、身体に似合わぬ大きな掌で左右から頬を挟むといった性癖があるのだった。それも決まって、幼さの残る「よかにせどん」らが狙われるのである。

しかし、たどたどしい日本語と片言の英語で辛抱強く力づけ、ときに命を授けるがごとく手を握りしめ、智也を蘇らせたのはルナールであることに間違いはない。もちろん、黄泉の国に誘われていた智也を現世に再度降り立たせようと、皆が皆で気を配り、力を尽くしたのだった。拒食気味の智也を宥めすかして自宅へ招き入れ、家庭料理を口に押し込んだのは養護教諭である。弓道部員らは、強引に智也を道場へ連れ出し、弓をつがえさせたのだ。彼らの励ましや気遣いが、智也を深い暗渠から引き揚げる糧となったのである。しかし、智也が生への執着を真に取り戻すことができたのは、ルナールの説く神の教えの数々であった。起きて、床を上げ、そして歩きなさいと。

この出来事があった次の年の春、ルナールの姿は校内から消えていた。風説では、ルナールの嗜好に関する告発が高校生の間から起こり、ローマの本部へ呼び戻されたということである。

　隆夫はふと湧いた突飛でもない推量を智也にぶつけた。口に出した途端に引っ込めたくなったのであるが。

「君はルナールを追いかけて函館に来たのか」

「まさか。ここに来るまで、彼はイタリアかフランスに戻ったとばかり思っていました。現に一度クリスマスカードを貰いましたが、その住所はフランスからでした」

「函館に居るとは知らなかったかもしれないが、ルナールに再会できて嬉しかったろう」と、隆夫は自分の執拗さが見苦しいと思いつつ、畳みかけてしまうのである。

「それが」と、智也は言葉を探すように言い淀む。

「そうでもないのです。きっと僕は身勝手なのです。彼の顔を見た途端、忘れかけていた母の事故のことが浮かんでしまい、その場からすぐに逃げ出したいと思いました」

　昨日の午後智也がルナールとどこへ出かけたのか尋ねようとし、その言葉をぐっと抑え込んだ。智也の目頭が濡れていることに気づいたからだ。

　外周道路を大回りして、どれだけ距離を引き延ばしても、結局は白壁にぽっかりと暗い口を開ける寮の玄関に辿り着く。隆夫はポーチに面した窓のブラインドの陰に、人の気配を察していた。おそらくルナールがじっとこちらを睨んでいるはずである。

期末試験開始に合わせ、校内の部活動は年末年始の中断に入った。隆夫がウールのシャツを腕まくりし、冷え込んだ用具室で弓と矢の手入れをしていると、大波が戸口からにゅっと現れる。革手袋や工具入れを持っているところを見ると、彼も同じ目的なのだろう。厚手のセーターの上に濃紺のダッフルコートを着込んでいる。

「おい、まるで冷凍庫だよ、ここは。おまえはよくそんな薄着で我慢できるな」と言いながら、隆夫の横に座り込んだ。天井の蛍光灯が一本切れかけているのが気になるのか、しばらくそちらを見上げ、やがて深いため息をついてみせる。

「折り入って頼みがあるよ」

何事かと隆夫が大波の黒縁眼鏡を覗き込むと、気のない口調と裏腹に目つきは真剣そのものである。

「年明けから部長を代わってくれないかな」

身構える隆夫の肩の辺りを、とりなすように拳で軽く突ついた。

「俺は部活と受験勉強の両立はどうにかできるけど、もう一つ部長との掛け持ちは無理なんだよ。はっきり言って雑用が多過ぎ。そもそも、退部した三年連中はおまえを部長候補だと考えていたのだぜ。ところが、春頃からおまえがおかしくなっただろう」と大波は無遠慮に口に出してしまってから、隆夫の気色を窺う。

「あの時分はグリップの握りさえ覚束ない感じだったよ。気づかなかっただろうが、おまえがドローイングを始めると、横に居た連中は腰を引いて眺めていたのだよ。矢がどっちへ飛ぶのか怖くてね。それで俺にお鉢が回ってきたのさ。元気になったからには、部長は適任者にやってもらうのが一番いい。教えるのも上手いから、一年生も納得する」

隆夫は、「少し考える時間をくれ」と怒気を含んだ声で返した。そして、身体を捻じり、大波に背中を向けて座り直すと、鬱憤を晴らすような勢いで弓をパーツへとバラバラにし始めるのだ。

大波も居場所を変えて隆夫と距離をとると、黙りこくったままバウの点検を始める。ガラス窓の外で急速に夜の帳が下り始めたせいか、用具倉庫の薄暗さは増すばかりである。頑丈な造りのはずだが、どこからともなく風が忍び込み、奥の暗がりで音を立てている。

また大波が口を開いた。先ほどとは違い、内緒ごとでも話すような囁き声になっている。

「おまえの具合が悪いときに壺田智也を押しつけたこと、根にもっているんじゃないかい」

「別に。あれは智也が弓道部出身だから俺に頼んだのだろう」

「いや、残念ながら、あいつが弓道部出身という話はずっと後になって聞いたよ」

大波の話は意外なものであった。

「ところで、いくら兄弟校だからといって、何故あいつが九州から北海道へ転校してきたのか知っているかい」

風が強まってきたせいか、倉庫の引き戸がカタカタと揺すられ、大波の声はますます聞き取りにくくなる。手許から目を離さないまま、隆夫がかぶりを振った。

「そうだろうな。俺は数学の石橋にこっそり聞いた。彼は秘密保持ができないタイプだからな。壺田は向こうで傷害沙汰を起こしたらしい。ナイフで刺したのさ。相手は誰だかそこまでは石橋も口を割らなかったが。学校が揉み消したというから学内の事件だろう。彼は自分で転校したのではなくて、転校させられた口なのだよ」

そう言ったきり口を噤むと、大波は手許の用具類を片づけ始め、やがて気が進まない素振りでゆっくりと立ち上がった。

「俺は曰つきの新人を預かるのがどうしても嫌で、おまえに押しつけた。謝る。俺は卑怯なことをした。おまえはと言えば流石だ。奴は見事に戦力になりつつある」

大波がコートの前ボタンを留め、引き戸を開けた途端、暗闇の向こうから粉雪が凄まじい勢いで吹き込んできた。

食堂の混み合うテーブルを避けて座り、野菜ばかりのクリームシチューを隆夫が突ついていると、智也が姿を現し隣に腰をかけた。伏し目になりがちの彼の横顔を見ただけで、胸の底の鬱屈が嘘のように晴れ、代わりに暖かいものが込み上げてくるのだった。

「相談があります」と、智也が掠れた声を絞り出す。

「この冬休みは宮崎に帰省しようと思うのですが、ルナールさんも一緒に行くと言うのです。私の母の墓参りをしたいそうです。それも真っすぐ帰らないで、観光をしながら帰らないかと言っています。僕はそんな気になれません。でも、彼は僕のことをすごく心配してくれているのです。恩人だと思っています。無下に断るのも申し訳なくて」

隆夫の頭の天辺近くで、自制し難い怒りが沸騰し始める。智也も含めこの世のあらゆる人間の馬鹿さ加減に我慢できず、一時もこの場に居たたまれなくなるのだった。

「申し訳ないなんて可笑しいぞ」と、怒鳴り声を上げる。食堂の向こう側に陣取る寮生らが思わず顔を上げるほどの大音声である。

「昔は昔、今は今だ。嫌なことははっきり断れ。気を遣って曖昧にしていると仇になるだけだ。おまえにできないなら俺が言ってやってもいいぞ」

俺におまえの背負っているものの全てを委ねてくれと念じながら、隆夫が智也を凝視する。途端に、目の端にこちらに歩み寄る影が映る。留め男を気取る大波のようである。
この隙に智也は腰を浮かせ、軽く会釈するなり身を翻した。隆夫は呆然とその背中を見つめるばかりである。あいつは俺に円満な解決方法を相談しに来たのだろうに、ちっとも応えられない。自責の念と何とも言えない悔しさが噴き出てくる。しかし、短い受け答えの最中も、世知に長けた助言が自分の口から魔法のように出てきやしないかと、腹の底で手探りはしていたのだ。同時にまともな説得などルナールには通じないだろうと諦めてもいた。あいつは成敗すべき悪なのだ。智也は気づいていないだけなのだ。隆夫は堕天使の狡猾な偽善面に対し、抑えきれないほどの憎悪を募らせたのである。

暦の上ではちょうど冬至となる。衰えた太陽が地上をやっと離れると、ずっと垂れ込めた雲の緞帳に呑み込まれたままとなる。その朝、隆夫の気分も雲の中に深く潜りこんでいた。夢に悩まされた頃の欝々とした状態に戻っていた。思い切って外へ飛び出し、ランニングに専念することで、沈んだ気持ちを晴らすことができるかもしれない。しかし、グラウンドも学校の周辺もここ数日続いた雪が溶けずに残り、走り回るのは無理というものだ。日はいっこうに顔を出そうとしない。背中を押してくれたのは、ふと浮かんだ清冽なイメージである。矢が鉛色の雲を引き裂いて、どこまでも飛んでいくのだ。用具室の鍵を開け、ガードを着けると、弓と矢、それと擦り切れた置き畳を抱え、射的のレンジへ向かうのだった。スタンスをとり、弓をセットし、腕と背中の筋肉を収縮させる。リリースされた矢が空気をつん裂くと、隆夫の中の黒ずんだ塊がほんの一片剝がれ落ちる気がする。

二本目をつがえようとしていると、後方で聞き覚えのある声がする。射場の外れから身を乗り出し校舎の方を振り返ると、通用口の前で智也とルナールが向き合っていた。ルナールが何事かを話しかけ、智也がその一言ひとことにいちいち頷いているのである。口許が綻んでいるようにも見える。

隆夫の足が勝手に前へ歩き出す。

「おいルナール、いい加減にしろ」

ルナールと智也が揃ってこちらを振り向いた。

「智也が嫌がっているのが分からないのか」

ルナールが隆夫を睨んだまま人差し指を立て左右に振る。おまえは無関係と言わんばかりである。突然聖ミカエルの剱が降ってきて、隆夫の脳裏にその像を結んだ。悪霊退散と弓をつがえ、仇敵の足許を狙いすます。堕天使よ、尻尾を巻いてとっとと逃げ去れ。その瞬間、足裏が雪面を滑り、隆夫の視界からふたりの姿が消え、代わりに視線の先に雲の畝が広がった。放たれた矢がルナールの胸を真っすぐ射貫く。

隆夫に対する起訴は殺人罪から精神疾患による不起訴の間で揺れ動き、結局少年刑務所に五年間服役することになった。被害者が孤児院出身で係累が皆無であることと、修道会も正否を質す熱意を見せなかったことも斟酌されたようである。

独居房の灰色の壁の中に閉じ込められると、再び夢魔が戻ってくるのだった。独房の扉を開けたところで登山道が始まるのである。草木の繁る山道を上って行く。しばらくすると、樹々が徐々に疎らになり、灰白色の岩塊が左右に連なる砂礫の道へと変わっていく。この殺風景な斜路を踏みしめながら辿っていくのだ。ふと見上げて目を凝らすと、道は絶壁を巡る螺旋となって続き、その果ては密雲をくぐって渺々とした空へ吸い込まれているのである。あんな上まで、遠くまで登れるものか。胸が張り裂けそうな気持ちになり、そこで目が覚めるのだ。薄手のパジャマが寝汗で冷たくなっている。

毎晩同じ夢を見続けた。

出所し、数年が過ぎた。いくつかの土木工事現場を転々とし、頑強な体格が買われたのか、小規模の請負業者に常用で雇われることになった。それをしおに、ずっと頭の中を占めていた智也の居所探しを始めるが、糸口すら見つけることができない。宮崎まで飛び、智也と交わした会話の記憶の断片を繋ぎ合わせた末、どうにか彼の実家まで辿り着くことができたが、そこはとっくに空家となっていた。己の身分を考えると、そこからの変遷を人づてに探ることは憚られた。第一、父親がどこかに住んでいたとしても、そこに戻っていることはないだろうという確信もあった。

行方らしいものが分かったのはネット好きの同僚の助言のおかげである。連れて行かれたネットカフェのパソコンで検索をすると、壺田智也という名前がヒットしたのである。山岳写真家とあった。さらに富山市にある居所も割り出すことができた。

富山駅から南へ少し下った街角にその写真館があった。壺田智也の店という訳ではないようだ。店内には主人とおぼしき白髪の年寄りとジーンズ姿の若い娘がいて、隆夫に気づくまでスタジオの背景布の前でおしゃべりに興じていた。隆夫の意気込みをいなすように、店内には寛いだ空気が漂っている。智也の勤め先がここに違いないならば、快適に過ごしているに違いない。

カウンターから声をかけると、娘の方がすぐに腰を上げ、愛想良く応じてくれる。智也はこの日の早暁に馬場島《ばんば》へ向かって発ち、一週間は戻らないということである。山岳雑誌の撮影の仕事なのだと、娘が誇らしげに付け加える。踵を返したところで、入店時には素通りした陳列窓が目に留まった。人物写真の額縁が並ぶ端に、雪を被ったトラピスチヌの聖ミカエルの画像があった。背景の司祭館の窓に、夕焼け空が写り込んでいる。智也のすぐ傍まで近づいていることがはっきりした。

駅前のショッピングセンターに店舗を構える専門店に立ち寄り、店員の助言に従って、ザックに靴と靴下、簡易ツェルトとヘッドライト、そして地図を買い込むと、数軒先のコンビニでは飲み物と乾物類を調達する。富山電鉄で上市《かみいち》まで移動し、そこでタクシーを拾う。馬場島野営場に入ったところで、長い黄昏時が終わり、辺りが闇に包まれた。ここで夜明けを待てば、先ゆく智也から二十四時間は後れをとることになる。しかし、向こうは撮影しながらの山行なのだ。どこかで追いつけるはずだと自分に言い聞かせ、草わらにツェルトを広げる。時刻が早過ぎるせいもあるが、宵闇の奥から伝わる川音が気になり、なかなか寝つくことができない。眠ったかと思うと頭上にそびえる夢の山が繰り返し現れ、その度に目を覚ますのだ。現実の山の端が白みかける頃に、やっと深い眠りにつくことができた。もしかしたら、その眠りは度を超す深さだったのかもしれない。朝の冷気に身震いし、辺りを見回すとキャンプ客の姿はほとんど消えていたのだ。

登山道は急坂が間断なく現れる長い尾根道である。生い茂る樹々が強い日差しをずっと遮ってくれるが、湿度が高いせいか、出口が見えない長いトンネルを抜けているような息苦しさである。やっと梢の隙間から空が覗いたときはホッとし、初めて岩に腰かけ、乱れ気味の息を整えるのだった。遥か高みに赤い屋根が目に留まった。勾配のある九十九折りを下ってくる人影がカメラを構えているのに気づくと、まさか智也ではあるまいかと足が止まる。しかし、実は目を凝らしたところで、十年を超える歳月が智也をどう変えたのか、見当つきかねるところがあるのだ。隆夫の中の智也は、十六の時の面影のままだったのである。色白の横顔としなやかに伸びた四肢。変わっていないのはそれだけだろう。

小屋開きはまだ先とはいえ、赤い屋根の小屋主らしき年輩者と若い男がトイレの補修や清掃をしている。もしやと思い、隆夫が主人に智也のことを尋ねてみると、ちょっとした消息を手に入れることができた。例年決まってこの時季、剱山域の撮影に入るそうである。

「まず剱沢《つるぎざわ》へ下りて北へ回り、仙人池へ行くのは間違いないね」とルートを想定してくれる。撮影のためそこで丸一日は過ごすはずだと。ただ、仙人池から先の道のりは、その年の季節の歩みや天候次第で変わるそうだ。折り返して山頂経由で早月尾根に戻ることもあれば、室堂へ下る、欅平へ抜ける、鹿島槍へ登るなどと、気の向くままに回遊するのではないかと言うのである。だとすると仙人池なる確たる場所で追いつかなければならない。まだ日が高いので先へ進もうとすると、「ここで一泊せよ」

と諭される。この先は氷雪が方々に残り、手間取るので、この時間から頂上を越えるのは危ないということなのだ。「第二」と、白い手拭いを鉢巻にした小屋主が薄雲のかかる空を指す。「これから一雨来る」

隆夫はテント場の隅に座り込み、山頂方面から下ってくるハイカーを見守ることにした。数は疎らで、そのほとんどが仲間連れである。彼らを観察するうちに、時ばかりが無駄に過ぎ、みすみす追いつく機会を逃しているのではという焦燥感が突き上げてくる。空を見上げても時雨の兆候すら感じられない。やがて、速足で下りてきた高齢のハイカーが隣にテントを張り、手慣れた様子で炊飯をし始める。隆夫に笑いかけると、夏柑をナイフで二等分し、「おすそわけだから」と差し出す。そして、老ハイカーにこの山塊のあれこれを閑談風に聞かされているうちに、気が紛れてくるのだった。あたかも町内の散歩の途中で出くわした昔馴染みといった按配である。山歩き巧者の佇まいにしばらく触れていると、隆夫は北アルプスがずっと狭いものに感じられてくるのだった。下山者の顔をいちいち確認することの意義も不確かになってくる。登山者とは、ルートを決めた以上は常に前へ進むものらしいのだ。じきに疲れが出て、ツェルトから半身を乗り出したまま眠りに落ちる。夢に現れたのは、雲を突き抜けてそびえる高峰の影ではなく、高校の寄宿舎で、毎夜、時には白昼堂々と頭上から降りてきた、少年のむき出しの裸の後ろ姿だった。

頰に落ちる水滴の感触で目を覚ます。綻び始めた幾輪かのチングルマが、肩の先の闇に紛れて小振りな花冠を揺らしていた。隆夫が花に見入ったのは、これが生涯で初めてのことかもしれない。

朝まだき、雨雲がきれいさっぱりと払われた星空の下を発った。目前にそそり立つ剱岳の頂は、ちょうど射手座の真下にある。星々に抱かれた山頂を眺めていると、全ての問いが氷解してくる。智也と自分はあの星座からやって来たのだ。自分が今踏みしめている場所は、かつてここにあった巨大な山塊の西側の裾に当たるのである。その山嶺は、かつて地球で一番高い場所だった。恐らく智也もそれを知っているに違いない。

一条の光明が正面の山腹の脇から差し込み、眩しさに隆夫は目をそばめた。霧状の雲霞が四方の山裾から這い上がってくる。行く手の景観に気を取られていると、残雪に足が滑り、勢いよく引っくり返ってしまう。ザックがクッション代わりとなり頭を打たずに済んだものの、雪面から突き出す露岩に叩きつけられた肘が痺れ、骨が折れたのかと思うほどである。そっと触ると、鈍痛が肩まで走った。

幾度か鎖場を越え最頂部に辿り着く。半ば埋まり半ば折り重なる花崗石の周囲を見回すと、朽ちかけた祠があるばかりである。その傍らから、千切れ雲の群れを山腹に抱えた飛騨山脈が、屏風のように連なっているのが望める。頭を回らせると、靄が空の果てまで敷き詰められている。この陰に深海深く穿たれた富山の海湾が潜んでいるのだろう。隆夫は刃先が刺さるかのような肘の痛みをいっとき忘れ、眺望に目を奪われるのだった。

頂からの東稜下りは、険しい上に足場が濡れそぼち、随分と時間が食われる。室堂方面から山頂を目指すハイカーらとのすれ違いも始まり、万が一を考えて一人ひとりの面貌を確認しようとすると、手許足許が覚束なくなるのだった。

下の山荘には昼前に辿り着き、智也がここに泊まったことが確認できた。前日の朝方に仙人池目指して出立したらしく、丸一日の差は縮まりも広がりもしていない。とにかく仙人の湖沼辺りで追いつくには一刻も愚図愚図できないことは確かである。休むことなく、前進を続ける。このルートには全く人気がない。人気どころか、鳥も、虫も、動くものの気配がない。天上を見上げると、おぼろ雲が水面に落とした墨汁のように広がりつつあった。日が雲に隠れると、途端に気温が急下降するのが肌に感じられる。傾斜は緩やかだが、雪解けを待って露出したガレ場に浮石が重なり、うっかりするとバランスを崩しそうになる。歩幅が狭まる分だけ歩くペースが落ちてしまう。悪戦苦闘する内に小一時間が経ち、気づくと周囲を厚い霧が包み込んでいた。

地表をわたる強風が地鳴りかと紛うほどの音をたて渦巻いている。遥か頭上から覆い被さる黒々とした岩稜帯を抜け切ったところで、霧の壁の奥に、長大な雪渓が姿を現した。

　雪渓上部は天空に向かって急勾配で迫り上がり、下流域は山裾へと横幅を広げながら落ち込んでいる。その果てがどこまで続くのかは、霧が邪魔をして見通すことができない。地図上では、この雪渓を斜め下降気味にトラバースしなければ対岸の道に辿り着けないようである。雪上に一歩踏み出したところで、慌てて足を引っ込めた。根雪が氷のように凍てつき、歩くどころか爪先を下ろすことさえままならない。登山用品店の店員がステッキとアイゼン、そして軽量ピッケルをしきりに勧めた理由が今更ながら理解できた。出費を惜しんだのと携帯品の嵩を抑えるために、全て断ったものばかりである。しかし、ここまで来て足踏みしているわけにはいかない。

　隆夫は足元に積み重なる石榑の形状を吟味する。ガレ場から雪崩れたのか、黒みがかった石片がいくつも目についた。その中から先が尖り、なるべく握り易そうなものを選り分けるのだ。

　石榑を高々と振り上げ、尖頭部を叩きつけると、氷面が深く陥没する。穿たれた穴の底では氷がシャーベット状になっていた。一旦緩みかけた積雪の面が氷点下の強風に撫で上げられ、表層だけが固まっているのだ。隆夫はその穴に靴の爪先を捻じ込む。靴先を支点にして身を乗り出すと、再び腕を振り上げ石の尖端を氷上に打ちつける。そうして新たに開けた窪みにもう片方の足の爪先を嵌め込むのだ。この調子で氷割りを繰り返しながら蟹の横這いを続けるのであった。行く手の方角を目視しながら、右下がりに穴を穿っては、一歩ずつ進んで行く。

十メートルほど稼いだところで、氷の硬度と厚みが格段に増してきた。石を続けざまに叩きつけ、かろうじて砕けた箇所を広げようとしても、粗目状の層にはなかなか届かなくなる。捨てておいていた肘の痛みが増し、腕全体が千切れそうに悲鳴を上げ始めた。そこで再び強風が崖下から吹き上げ、雪渓を覆う霧の天井がふたつに割れ、遥か天頂から淡い日差しが幾重も差し込んでくるのだ。隆夫が救いを求めるように上を仰いだとき、抉った穴の縁から靴の先が勢いよく滑り出て、全身がそれに続いた。

恐怖心は露ほどもない。この大滑降の先、辿り着いたところに智也が待ち構えている予感がするのだ。「いらしてくれたのですね。あなたをずっと待ち続けました」とあのなつかしい声で。傾斜が増し、隆夫の身体は雪氷の表でくるくる回転しながら、深い圏谷の底へと堕ちて行く。

八　月下漂石

小屋の中は時が止まったように静まり返っていた。女が何か皮肉めいた感想でも口にするのではと思ったのだが、立てた両脚の膝頭あたりに視線を落とし、ずっと俯いたままだ。蠟燭の明かりでは顔色を判じかねるのであるが、すっと血の気を失っているようにも見える。隣の医者はというと、女と対照的な姿勢で、そこに潜む何かを探しているのか、天井を仰いだまま全く身動きをしていない。

　射手座から来た男の息遣いを認めて振り向くと、こちらをじっと睨んでいるようだ。次はおまえの番だということだろう。私は男の表情から憤怒に似た険しさが消えていることに気づいた。憑き物が落ち、さっぱりとした顔をしているのだ。

「出番が来たようだが」ときっぱり言いながら、私は腰を上げた。

「その前に雉撃ちに行かせてもらうよ。それと一服だ」

「ゆっくりでいいよ」と応えた男は、声の調子もずっと穏やかになっている。残りのふたりといえば、息をすることを忘れているかのように、薄明かりの中で固まったままである。

私はヘッドライトを手にして重い引き戸を開けた。だが小屋の外は月明かりに照らされていて、ライトを点ける必要はなさそうである。雨はいつの間にか上がり、辺りには湿り気を帯びた弱い風が吹くばかりである。月の影は見当たらないが、いずれかの叢雲の隙間かオオシラビソの梢の陰に潜んでいるに違いあるまい。明るい夜空に黒々とした細長い雲が、幾重もたなびいている。

その闇空を一閃し、大きな流れ星が斜めに過った。一瞬、後ろ手で閉めた扉を再び開け、射手座の男に「迎えの船が来たようだよ」と冗談の一つでも言ってやろうかとひらめいた。しかし、調子を合わせてくれるのか、再び不機嫌になるかは定かでなく、遊び心はすぐに捨てることにした。

丸太階段を下り、座り心地の良さそうな岩を見つけると、バンダナで上面の湿気を拭う。そして、厳重にラッピングをしたシガーケースをベストの内ポケットから取り出した。小屋泊まりのハイキングでは、夕飯後に屋外へ出て、夕間暮れの空や山の端を眺めては葉巻煙草を嗜むのが常であった。その折は紫煙が小屋付近でくつろぐ同宿者の障りにならぬよう、風下へ回り、人気がない喫煙場所を探し回るのである。この月影の山間で、煙の行方に何の気兼ねもいらないのは、今日一日の労苦の末の果報と言っていいかもしれない。山に持参する葉巻はチョコレート代わりの甘味に富んだものを選ぶ。これで一日の疲れが癒されるのだ。今回の山行では、涸沢で最後に一服してから、吸い口を切る機会になかなか与れないでいた。

甘い紫煙が口腔を満たし、どうにか人心地がついたところで、頭の中の整理に取りかかることにする。楽しい夜会を抜け出したのも、この時間が欲しかったからなのだ。まずはっきりしているのは、彼らの打ち明け話の価値に見合うものが、自分の引き出しには皆無だということである。理由はともあれ、あの三人には、山を求め山に入らねばならない動機は十分にある。それに比べ、この私はたまさか山に出会っただけで、実はヨットで太平洋に浮かんでいても、ユーコン川でカヌーを漕いでいても構わなかったのである。私は自分が失くしたものへの補償を、道楽事への熱情と体力の快い消耗に求めているだけの小胆な人間なのだ。

青年期、私は真理を求める生活を送っていた。いや、こんな言い方は偽善にすぎる。実際には、真理を求めた先に待つ勲章が、私の動機になっていたにちがいない。ともあれ、そのために研鑽を重ね、先達と競い、孤独を糧とし、真理を究めることに身を挺してきたのだ。そして、ある時私の胸にポツンと懐疑心が芽生えた。そもそも私が真理を求めたところで、肝心の真理の側から選ばれるほどの人間なのかどうか。私にその資質があるのか。

己が何者であるのかと、そんな自意識に捉われているだけの存在。後に多少とも知恵がつき、ここで生まれた懐疑は私の信念の惰弱に由来することを知るのだが、当時はそのことに気づかないまま悩み続けていた。そして、生来の怠惰と逃避癖が私を襲い、私があれほど求めてきたものから現実感が剝落していったのである。

　私は人間の巷に戻り、そこで酒色に溺れてみせた。いや、志の欠落を情愛と酩酊で埋めようとしただけなのかもしれない。次に私は一家を成すことに価値を見出した。一家は文字通りホームである。真理ではなく世間智を手に入れることに汲々とし、栄利と身代を求め、処世の道へ転じたのだ。

　ある日、四半世紀も昔に夢を語り合った同輩のひとりが、その精進を成就させた瞬間を目の当たりにした。私が放棄した道を、彼はひたすら歩んでいたのだ。

「自分は生き損ねたのだ」と悟った。自分では、己の選んだ大道を歩んできたつもりだった。だが、それは己に対するまやかしであった。要は楽な道を選んだに過ぎないのだ。巻き返しを図ろうにも、険しい道に踏み込むには年を食い、しがらみが増え過ぎていた。

　射手座の男が「おい幽霊。次はおまえの番だ」と女に言い放ったとき、その言葉は私に向けられたものかと慄いたものだ。私の実態が見透かされたかと思ったからだ。そして、地べたに縛られた哀れな霊なのだ。私は身の丈に合った険路に向かうことにした。そして、山のピークハンターになったのだ。間に合わせの、そして安泰なピークであるが。

この私の悔恨やら道化じみた足掻きを話したところで、三人は何の興趣も覚えないだろう。笑われるか、呆れられるだけだ。

彼らの興味を繋ぎ止める物語というのは、たとえばこうである。ペンダントの中空に隠し持っていたマチンやシキミの平たい実を取り出し、よく煎じ、月明かりの山巓《さんてん》で飲み干すのだ。ちょっとした眩暈で済むのか死に至るかは八卦次第。そうやってけりをつけなければ、私は永遠に登山道の中途で留まったままなのだ。登ることも下ることもできず。

ここで目が覚めた。いつの間にか道端の岩に腰かけたまま寝入っていたのだ。指の先には、火の消えた葉巻煙草が挟まれたままである。手足が夜気に晒され冷たくなっている。葉巻の燃え口を指先で探ると、仄かに余熱が残っていた。空を仰いでみると、寝込む前と変わらず、月明かりが夜空を白々と澄み渡らせている。いや、もしかしたらこの空の色は、東の尾根の陰から立ち昇る薄明の兆しなのかもしれない。腰を浮かせ一つ伸びをすると、小屋の口へと向かった。

戸を開けてみると中は真っ暗である。あの蠟燭は尽きたのか、吹き消されたに違いない。手にしていたはずのヘッドライトが見当たらない。月の光が屋内に差し込むように、引き戸を思い切り開け放った。小屋の中は空っぽである。誰もいないのだ。自分が居眠りをしている間に出掛けてしまったのだろう。その上、私のザックも吊したレインウェアも消えていた。

まあ構いやしない。惜しいものなど何もないのである。それに、麓の温泉まで指呼の間なのだ。私の来し方のことでも、彼らの行く末のことにでも、思いを巡らせながらゆっくり下って行くだけのことだ。

夜明けが訪れるまで。

海の贈りもの

一

鉄路は東の山間の駅から発し、丘陵を抜け、細長い平野を突っ切り、やがて海岸に至ります。長いトンネルから出ると、野山や田畑が始まり、美しい季節の移ろいを車窓から眺めることができます。山と海の間に十を数える停車駅があり、その一つは幸《ゆき》夫《お》とその家族が住む村のほぼ中ほどに位置しています。

幸夫にとってバブちゃんは、今も変わらぬバブちゃんですが、両親はそう考えていないようです。「バブちゃんは以前のバブちゃんではない」と、思い込んでいる節があります。

幸夫が生まれて一歳となり、初めて発した言葉が、おばあちゃんを呼ぶときの「バブ」でした。おばあちゃんは大喜びで、幸夫の前で自分のことを「バブ」と名乗るものですから、両親ともに、おばあちゃんのことをお母さんではなく、「バブちゃん」と呼ぶことになったのです。

幸夫のお父さんとお母さんはそれぞれ仕事を持ち、朝早く出かけると、帰宅は夜になってしまいます。日中、幸夫をずっと見守るのはバブちゃんでした。それどころか、両親が家へ戻ってからも、幸夫はバブちゃんの部屋をホームとし、バブちゃんが語るおとぎ話に聞き入りながら寝つく夜が少なくありませんでした。

浜の鍛冶屋と大蜘蛛、経をあげるニセ坊主、可哀そうなあざらしと、バブちゃんのお話を聞きたくて、次から次とせがんでいるうちに、寝入ってしまうのでした。バブちゃんは幸夫が寝息を立てるのを待って居間に戻り、そこで本を読んだり、つくろい物をしたりして過ごすのでした。

幸夫の保育園の送り迎えもバブちゃんの役目です。保育園への道のりは、家から集落を抜けて、竹林《ちくりん》が茂る切通しを下り、まっすぐ伸びる農道に沿って行くものです。この農道が自動車道路と呼ばれる県道に突き当たると、そこが保育園です。県道をはさんで向かい側です。けれども、そこで道路を渡れるわけではありません。保育園のレモン色の壁を横目に見て、県道沿いをバブちゃんに手を引かれながらしばらく歩き、ここでやっと信号機のある横断歩道を渡ることができます。この大回りにより、保育園はいったんかなり遠ざかってしまうのですが、左も右も、見渡す限りに車の影がないときも、通りの反対側から友達に声をかけられても、バブちゃんがこの順路を変えることはありませんでした。

幸夫が小学校に入学すると、校舎はこの散々遠回りをした横断歩道のすぐ先にありました。ですから、バブちゃんと幸夫にとって歩きなれた通学路となるはずでしたが、幸夫が入学した年から、小学生は同じ地区の生徒だけで集団登校することになったのでした。

幸夫の集落の小学生四人と山の上のブドウ園の小学生三人が、農道を横切る用水路の橋のたもとで待ち合わせ、六年生を先頭に小学校へ向かいます。バブちゃんが幸夫に付き添うのはこの橋までです。顔ぶれがそろい、いざ出発というときには、バブちゃんがいつも六年生の女の子に深々と頭を下げるものですから、幸夫は不思議なような恥ずかしいような気持ちになるのでした。

下校のときには、同じ橋までバブちゃんが迎えに来ています。出迎える父兄はバブちゃんだけでした。学校帰りに、県道を折れて農道へ踏み出すと、視界一面に水田が広がっています。春が深まると水が張られ、黒い泥土《でいど》にみずみずしい苗が整列しています。そして、ふと気づくと、風に波立つ青田の海となっているのです。その海原の波間の果てにバブちゃんがたたずんでいるのが、ずっと手前から認められます。

用水路の水が今にも溢れそうになるほどの大雨の日でも、お日さまがじりじり地上を焦がす夏のさなかも、バブちゃんは真剣な面持ちで、幸夫の到着を橋の上で待ち続けているのです。

二

最初の異変が起きたのはある年の秋のことです。その頃には集団登校の生徒の数も減り、ブドウ園の子がふたりと幸夫の三人だけになっていました。帰り道は幸夫ひとりきりです。

田んぼでは稲刈りが始まっていました。数日前まで黄金色に波打っていた稲穂が、方々で刈り取られています。農道の土手に繁茂する草薮が褪《あ》せ始め、浅黄色《あさぎ》の空にはうろこ雲が山の端まで連なっています。

いつものように遠く目をこらすと、橋の上はまったくの空っぽでした。バブちゃんの姿が見当たらないのは初めてのことです。竹林の陰からあわてて飛び出してくるバブちゃんの様子を想像しながら、橋へと歩を進めたのですが、そんなことは最後まで起こりません。もしかして「今日はお出迎えできないよ」と、バブちゃんに申し渡された言葉を聞きそびれたのでしょうか。幸夫は胸の辺がつかえるのを覚えながら足早に家へ急ぎました。

玄関には鍵がかかっています。居間の回り廊下のガラス戸を引いても、びくともしません。閉め出されてしまったようです。頭の中がふわふわとしてきます。ところが、あわてて裏庭へ駆け込んでみると、縁側のガラス戸がすべて開け放しになっているのです。室内はひっそりとし、バブちゃんのいる気配はなく、置手紙らしきものも見当たりません。念のため二階の両親の部屋や幸夫の部屋まで探しますが、静寂の中に鎮《ちん》座《ざ》するのは家具や机だけです。

すれ違いかしらと、橋のたもとまで引き返してみました。しかし、そこもコンクリートの橋梁《きょうりょう》が、ポツンと西日を浴びているばかりです。ずっと遠くから稲刈り機の音が伝わってきます。低い欄干《らんかん》越しに川の底を覗くと、昨夜の雨のせいか、けっこうな水嵩《みずかさ》となって流れています。

「バブちゃんがどこにも見当たらないよ」と幸夫が母親に電話をしたときには、辺りは薄暗くなっていて、すでにお母さんの車は集落の入口に差しかかっていました。お母さんは家の周囲を一巡すると、お父さんに連絡をとり、それから隣近所を尋ねて回ります。じきに帰宅したお父さんも一緒になって捜索しますが、集落の中にはバブちゃんの影も形もありません。

玄関先でぼうぜんと突っ立つ幸夫の前で、両親が険しい表情のまま顔を見合わせています。ふたりの横顔が門灯の反射を受け、宵闇《よいやみ》の中に白く浮かび上がっています。

「もう、警察に頼みましょうよ。これだけ探しても分からないのですもの。どこかで倒れてでもいたら、手遅れになるわ」と、お母さんの震える声が幸夫の耳に届きます。

「まだひとつ、探していない場所がある」

お父さんが、垣根越しにおもての山を指差します。玄関前の通りを隔てて広がる田畑の突き当たりに、黒々とした小山がそそりたっています。月明かりがないせいか、山の端が真っ暗な夜空に溶け込んでいます。幸夫の家では、おじいさんの代に田んぼも畑も手放していました。幸夫の父親もそのひとりなのですが、おじいさんとバブちゃんの間には農家を継ぎたいという子が誰もおらず、田畑すべてを村の希望者に売ってしまったのです。ただし、家の横手に接する小ぢんまりした畑と、おもての山の頂にあるクヌギ林だけは手許に残しました。おもての山の上には、貯水池《ちょすいち》やら用水池など日照りに備えた村の水源がいくつか作られ、クヌギの繁みはその最も大きな貯水池のほとりにありました。

「次の休みに幸夫を連れて椎茸《しいたけ》を採りに行こうって、バブちゃんと話していたところだ。もしかしたら、待ち切れずに、様子を見に山へ入ったのかもしれない」

お母さんが、「まさか」と声を上げます。「バブちゃんは辛抱がいいわ。それに、みんなで登るのを楽しみにしていたでしょう」

「いやいや、この頃ずいぶん気が短くなったのは君も知っているだろう。とにかく、手前の用水池あたりまで行ってみる。途中で足をくじいて歩けなくなっているかもしれない。なに、急げば十五分だ」

父親が手にした懐中電灯を振り回したところで、門柱の陰から声がかかりました。

「まだ、見当たらんかね」

集落の奥に居を構える一家のおかみさんです。

「実は、明るいうちのことだけど、うちのおじいちゃんが自動車道路を通りかかったときにね、おばあさんによく似た人を見たって言うのさ。でも、遠目だから勘違いかもしれないよ」

お母さんがその報せに飛びつきます。

「おじいさんは、どこで見たっておっしゃって」

「それが、へんなところで。保育園だって言うんだわ」

父親の車にお母さんと幸夫が飛び乗り、保育園へ走ります。お父さんは口を真一文字に結び、ハンドルを両手でしっかりと握り締めています。農道はすっかり闇に沈み、ヘッドライトに照らされた一筋の道が、夜空に浮かんだ長い橋のように見えるのでした。

保育園の庭の暗がりに紛《まぎ》れた人影を、幸夫は居残りをしている園児だと思いました。庭の隅に立ち並ぶ丸太階段でかがみこんだ影は、まるで幼児のようです。闇に目が慣れて、初めてバブちゃんだと気づきました。街路灯の明かりが、この庭までほのかに届いています。

両親が競うように走り寄るのと、バブちゃんが幸夫に目をとめたのが同時でした。

「幸夫、やっと帰ってきたね。バブちゃん心配したよ。いくら待っても戻ってこないんだもの」

幸夫は思わず棒立ちになりました。

バブちゃんは出迎えの場所を勘違いしたようです。何年も前に幸夫が通っていた保育園と橋の上を取り違えたのです。しかも保育園は去年閉鎖になり、ずっと空き家のままでした。

三

バブちゃんの勘違いは続きました。歩く方角を間違え、道に迷うこともざらです。お父さんとお母さんは、ずいぶん深刻に心配しているようですが、幸夫は逆に楽しくなりました。勘違いが多いのは幸夫も同様で、よく母親に叱られます。優しいけれど怖いところもあったバブちゃんが、気の置けない友達になったような心持ちがするのです。

お父さんがバブちゃんに外出を禁じました。門から外でバブちゃんが足を運べる場所は、家の横手の畑だけです。もちろん、幸夫の見送りと出迎えは玄関先に限られ、橋まで行くなどは言語道断だということになりました。

ところが、以前と何も変わらず、橋のたもとで幸夫を待つ毎日が繰り返されます。「バブちゃん、お父さんに叱られるよ」と幸夫が心配しても、「なんでだい。これはバブちゃんの仕事だよ」と、お父さんの言いつけをすっかり忘れているのです。そんな日が続いたかと思うと、突如橋の上からバブちゃんの姿が消え、草むしりをしながら、庭先で幸夫を待っていたりします。

幸夫を見るなり申し訳なさそうな顔をして、「ごめんね、迎えに行けなくて。外へ出ちゃだめだと言われているのよ」と、バブちゃんの頭の中で、息子に申し渡された注意がよみがえっているのです。

「眠くて我慢できないわ」と、バブちゃんが自室に下がったのは日曜日のまだ昼下がりのことです。

居間に残った両親の話し声が襖《ふすま》越しに幸夫の耳に届きました。奥座敷に寝ころんで、漫画に読み耽っているところでした。

「バブちゃんがこうなったのは、カナのことがきっかけじゃないかしら」

お母さんの口からカナという名前を聞いて、幸夫は思わず耳をそばだてました。

幸夫はカナの話題が苦手です。カナという言葉を聞いただけで、知らず知らずにうつむいてしまいます。その場から逃げ出すことさえあります。両親はそのことに気づいていて、幸夫の前ではカナの名前を出さないように気をつけています。

お父さんの声が聞こえてきます。のんびりした調子です。

「カナが亡くなってから二年たつね。バブちゃんは、そのころから変だったかい。僕は気が短くなったとは思っていたが、変だとは感じなかった。ほら、カナの事故でずいぶんと自分を責めていたろう。あれほど自分を責める理由も分からなかったが、確かにそのころから気持ちが不安定になったような気がする」

「気短かになったのは気づかなかったわ。私は、お料理や服装が不思議だったの」

「料理はきみが作ることにしたろう。バブちゃんが鍋釜を焦がすので心配だと言って」


お母さんは一瞬黙り込みますが、やがて思い切ったように口を開きました。

「火事も心配だったけど、お料理そのものもおかしくなったわ。覚えているでしょう。皆でスーパーに買い物に行っても、バブちゃんが買うのは果物やお菓子ばかりで、お惣菜には見向きもしなくなったでしょう。あの頃からバブちゃんの作るおかずのお皿が少なくなりすぎたもの。お洋服もそう。今年の夏も、大好きだからと言ってずっと冬服で通そうとするのですもの。私が隠してしまわなければ、ずっと汗だくのまま冬服で通したわよ」


カナは幸夫のふたつ下の妹でした。

おととしの夏、家族で行った海水浴の最中、高波にさらわれて溺《おぼ》れ死んだのです。高波は前触れもなく押し寄せ、浅瀬で泳いでいた十人以上もの大人や子供が、沖合へ持って行かれたのでした。カナの近くにいた幸夫も、強い力で沖の方向へ引きずられましたが、父親の伸ばした腕が幸夫の手首をしっかりと捉《つか》まえてくれました。しかし、カナは波間に姿を消し、発見されたのは何時間もたってからでした。

その日、同行するはずだったバブちゃんは、集落の集まりに顔を出すことになり、家に残っていました。

バブちゃんは「私がいっしょにいたら、さらわれずにすんだのに」と嘆きました。バブちゃんは、その浜の近くで育ち、遠く離れた農家へ嫁いだのです。浜では一番の泳ぎ上手だったと、かねがね自慢していました。ですから、事故の場に居合わせなかったのが悔しくてしようがなかったのでしょうが、あまり後悔の言葉を繰り返すものですから、父親もさすがに我慢ができなくなり、顔を真っ赤にして怒り出しました。

「かあさんが一緒だったら、今、かあさんもここに居なかったぞ」

バブちゃんは、「違う。私が一緒だったら、海なんて暴れることもできないんだ」と言い捨てて、歯を食いしばるように泣き出しました。気丈そのもののバブちゃんの涙を見たのは、幸夫にとって初めてのことでした。

幸夫が「ばあちゃんっ子」と、周りからよくからかわれたように、カナは「お父さんっ子」でした。きっと、最もつらかったのは父だったに違いありません。

不思議と幸夫には、カナの死をバブちゃんや両親ほど嘆き悲しむ感情が湧きませんでした。自分で気づかないまま、カナの死に背を向けたのです。けれども、ときどき自分を呼ぶ妹の声を聞くことがあります。友達と補虫網を手に畦道《あぜみち》を駆けまわっているときです。後ろの方から「お兄ちゃん、置いていかないで。私も仲間にいれて」と、カナの声が追いかけてきます。驚いて振り返り、カナのおかっぱ頭を探すのですが、田んぼの上の空に白い綿雲がひとつ浮いているだけでした。

水路に仕掛けた竹カゴを引き上げようとしたときに、水面にカナの笑い声が響いたことがあります。しかし、それは、昔ふたりでメダカやドジョウを捕ったときの思い出の声です。声は幸夫の頭の中で響いているのです。

一周忌が過ぎたところで、お母さんがカナの身の回りの品々を整理し、納戸に仕舞い込みました。ひとつだけ、カナのお気に入りのつば広帽子が、玄関の帽子掛けに残されました。努力すればいつか手が届くと思っていたのでしょう。外出の都度、帽子を取ろうと、カナがその下でぴょんぴょん跳び上がっている姿を、幸夫は昨日のことのように覚えています。

四

秋が深まり、日の傾きを覚えたときには、辺り一面がすとんと闇に落ちてしまう時節となりました。裾《すそ》に連なる杉林を除くと、おもての山もすっかり枯れ山となりました。

この頃、その枯れ山にバブちゃんと幸夫の姿が頻繁《ひんぱん》に見かけられるのでした。幸夫が学校から戻ると、バブちゃんはすでに軍手をつけていて、ふたり連れ立ちいそいそと出かけるのです。

隣家のビニールハウスの横から田んぼの畦道に入り、まっすぐ抜けたところにソヨゴが枝を広げています。その高木の傍らに、おもての山の登り口があるのです。ソヨゴの枝は、すでに数え切れないほどの赤い実をつけています。

沢沿いの道をしばらく辿ります。春から夏にかけては、沢から溢れた水で脇道はずいぶんぬかるんでいるのですが、冬場だけは沢自体の水も涸れていて、山道をふさぐ倒れた朽木《くちき》を避け、川底を歩くこともできます。沢から離れ、急なつづら折りを登ったところに小さな用水池があります。夏、この池の傍らに飛び出ると、驚いたカエルが立て続けに水面に飛び込む音が、あたりの静寂を破るのです。ここから山頂の大きな貯水池まではあっという間です。幸夫の家のクヌギ林もこの広い頂の一角で繋っています。

この季節、立木の根元の下草がまばらになり、方々に横たわった倒木の木肌が露わになっています。自然に倒れた樹木もありますが、ほとんどは以前父親が伐採し、そのまま野晒しにしておいたものです。

バブちゃんは、この倒れた木々を家の裏庭まで運び下ろしているのです。

「この木を狙っている人がいるの。盗まれる前に隠さなくちゃね」ということです。

こんな枯れ木なんか盗む人がいるのだろうかと、幸夫は怪しみます。でも、バブちゃんはこの村の最古参のひとりです。幸夫の与《あずか》り知らぬことを知っているのかもしれません。

その日に運び下ろす倒木をバブちゃんが見つくろうと、ふたりでどっこいしょと抱え上げます。幹の根元をバブちゃんが、梢の方を幸夫が肩にかつぎ、バブちゃんを先頭に息を合わせて運びます。重さはたいしたことがありませんが、この時刻には山の端が暗くなり、足下が見えづらくなるのが難儀です。とくに、カエルの用水池から沢までの急斜面は、足の踏み場をうっかりすると、ずるずると山道から谷側へ滑り落ちそうになります。

バブちゃんによると、若いときには太い幹を一本、細い幹ならば二本まとめて、ひとりで運び下ろしたそうです。当時は、バブちゃんの義理の父、つまり幸夫には曾祖父に当たるおじいさんがバブちゃんの腕力を見込み、山の上で伐採した木を下ろす仕事を任せたのだそうです。その木を家の納屋に立てかけ、適当な時分を待って、椎茸栽培の原木とするのです。

・「バブちゃんはね、斧は使わなかったけど、鉈《なた》で枝を落とすくらいはお茶の子さいさいだったのよ」と、道すがら自慢するのでした。

「その時おじいちゃんは何をしていたの」と、幸夫はバブちゃんの死んだ旦那さんのことを知りたくなります。奥さんが倒木をひとりで担いでいたときに、旦那さんは何をしていたのだろう。祖父は写真でしか見たことがありません。

「朝から晩までずっと田んぼに畑。働き続けて、身体こわして。だから幸夫のお父さんが勉強続けたいからって、田んぼを継ぐのを断ったときも反対しなかったわ」

幸夫にとっては、この山の木下ろしはなかなか手強いお手伝いでしたが、うきうきする時間でもありました。何だか、自分が一人前になった気分になるのです。ただ、不可解なのはバブちゃんがこの木を大切にする理由です。納屋に仕舞うわけでもなく、裏庭の隅に積み上げているだけなのです。

ついに、山積みのクヌギがお父さんに発見されてしまいました。

バブちゃんと幸夫は、お父さんの前でうなだれて座っています。

「かあさん」と、お父さんの声は悲痛そのものです。

「うちは椎茸栽培なんてとっくに止めているし、薪ストーブなんてないし、こんなに材木を集めてどうするつもり」

「盗まれるのが心配だったのよ」と、バブちゃんはあくまで冷静です。

「いったい誰が盗むのですか。逆に持って行ってもらいたいぐらいじゃないですか。それに、半分以上は朽ちかけている。棒杭にもなりませんよ。とにかく、もうこんなことは二度としないでくださいね。怪我でもしたらどうするのですか」


想像するに、バブちゃんがクヌギの収集をあきらめたのは、幸夫の父に止められたせいではなく、その年初めての雪がちらついたせいです。東の山々ではずいぶん積もったようですが、幸夫の村の雪はすぐに消えてしまいました。しかし、降雪をもたらした冷気は去らず、村にそのまま居すわり続けています。おもての山どころか、近所を出歩くのも億劫《おっくう》になるほどの寒さです。

家に戻ると、バブちゃんのために幸夫は温かい飲み物を用意します。朝、父親がポットのお湯をバブちゃんの手の届くところに置いていくのですが、バブちゃんはその存在を忘れてしまいます。ですから、幸夫は帰宅するとすぐにバブちゃんの希望を聞いて、お茶やらコーヒーを入れるのです。幸夫の入れ方は見様見真似のいい加減なものなのですが、バブちゃんは「幸夫のお茶の入れ方は本当に上手」と喜んでくれます。

そんなある日、急須にお湯を注ぐ幸夫の顔を、バブちゃんが目を輝かせてのぞき込みます。バブちゃんが意気込むのは久しぶりです。

「幸夫、今度、浜へ連れて行っておくれでないかい」

「浜って」と、幸夫の頭の中で、浜が海の浜であることを悟るのに時間がかかりました。

「バブちゃん海を見ながら大きくなったの。ずっと行ってないでしょう。時々行かないと、忘れちゃうのよ」

バブちゃんは遠くを眺める目つきとなり、人差し指で宙をなぞってみせます。横一本に線を引いて、次にくねくねと波線を何本も引きます。それはバブちゃんの海です。

海辺にはバブちゃんの弟の家があり、夏になると、そこを根城《ねじろ》に幸夫らは浜へ繰り出すなり、磯遊びを楽しむのでした。小魚に足や腹を突っ突かれながら泳ぐ温かい海には、年ごとの思い出が積み重なっていました。しかし、一昨年のカナの事故で海遊びの行事は途絶えました。バブちゃんにとっては、三年近くも空白がある計算になります。毎年、この小旅行を誰よりも楽しみにしていたのはバブちゃんなのでした。

夏の宵、皆で食卓を囲む段になると、大叔父さんはきまってバブちゃんの娘時代の話を持ち出しました。

「ミヨシ姉さんは、この浜のお姫さまだったからね。若い衆は、誰もが姉さんと口を利きたがったものだよ」

「また始まった。馬鹿助だね。もうやめなさいよ」とバブちゃんが慌てて遮《さえぎ》っても、ほろ酔い加減の大叔父さんを止めることはできません。

「おかげで、弟のおれも得したもの。周りからからずいぶんちやほやされたけど、これもおれを手なずけ、姉さんに気に入られたいからだというのは子供でもわかった。姉さんが山ん中へ嫁に行く噂が立ったときは大騒ぎになったもの。その噂が本物で、現に行ってしまった後は、それまでの反動で、おれ散々小突かれたもの」

この段で、バブちゃんと大叔父さんが大笑いするのが常だったのです。

浜の町ではバブちゃんは、ミヨシさんと名前で呼ばれます。町中をバブちゃんと連れだって歩くと、バブちゃんと同年輩の住人から「ミヨシ」とか「ミヨシさん」と声をかけられ、隣にいる幸夫はスターのお付きになったようで、ずいぶん面映《おもは》ゆい気持ちになったものです。

以前は大叔父さんも子や孫を連れて幸夫の家へ遊びに来ることがありましたが、腰を悪くしてから、こちらに顔を出すことも絶えています。バブちゃんは大叔父さんと会いたいのかもしれないな、と幸夫は思いました。

「僕、連れて行ってあげるよ」と、実は当てがないまま引き受けます。

「え、本当に。海に行けるの」

「でも、春休みまで待ってね。その時は、ちゃんとお父さんお母さんにも話すから」

クヌギの山下ろしの一件以来、自分が父母の信用をかなり失っていることに幸夫は気づいていました。注意人物としてバブちゃんとセットにされています。少しでも信用を回復しなければ、ふたりきりの遠足などすんなりと認めてくれそうもありません。そのためには、当分は何事もなく、静かに目立たず過ごすことです。

この秘密協定が結ばれてから幾日もたっていません。

天気が崩れ、大雪になるという予報により、教室掃除が中止され、幸夫はいつもより早く校門を出ることができました。これまで雪の日が少なかったため、田も畑も、大地は土がむき出しのままで、通学路は見渡す限り暗色《あんしょく》に沈んでいます。空はといえば鼠色の雲にびっしりとおおわれ、県道沿いの肥料倉庫の赤屋根だけが、冬枯れの風景に添えられた唯一の色彩です。

家に戻ると玄関の引き戸が半開きで、バブちゃんが普段履いている靴が見当たりません。居間の暖房は入りっぱなしで、食堂のテーブルには、お母さんが用意したバブちゃんのお昼ごはんが手つかずのまま並んでいます。

　ちょっと近所に出ているのだろうと自分に言い聞かせながらも、去年の秋の出来事を思うと気が気ではありません。お父さんの渋い顔が目に浮かびます。門を出て、右、左と通りの彼方に目をこらし続けるのですが、いっこうに姿が現れる気配がありません。

　空気が刻々と冷たくなってきます。一度脱いだヤッケを取りに部屋に戻ったところで、お母さんの車が戻ってきました。母親の勤め先も早仕舞いとなったそうです。バブちゃんの不在を聞くと、まずお父さんに連絡をつけ、続けてバブちゃんが立ち寄りそうな集落の家々に電話をかけ続けます。

　お父さんの車が停まるなり、お母さんは走り寄り、「あなた、保育園を見に行きましょう。そこに居なかったら、警察に知らせないと」と声をあげます。お父さんも迷うことなく「おお、そうだな」と応じるのです。そして、眉をひそめて空を見上げます。

　闇が分厚い雲とともに降りてきます。そして、ついに凍てつく風が吹き下ろし始めます。雪が息を凝らし、雲の中で出番を待っています。

　バブちゃんの姿は、廃屋《はいおく》となった保育園の庭にも、その近辺にもありませんでした。

通りの奥の暗闇から、サイレンを止めたパトカーが現れました。道の両脇の樹影が回転する警光灯で赤く染め上げられます。警察の手配により、この集落だけではなく、村内全部に役場の有線放送が流れます。尋ね人のお知らせです。背格好は伝えられますが、肝心の衣服の特徴は、母が覚えていたバブちゃんの朝の部屋着で報じるしかありません。

お父さんはおもての山が気になるようです。きっとクヌギの倒木下ろしのことを思い出したに違いありません。お巡りさんに事情を話し、一緒におもての山へ向かうことになりました。

ついに白いものが空から舞い降り始めます。母親と軒先に並び、父とお巡りさんの懐中電灯の明かりが、真っ暗な畦道をゆらゆらと遠ざかり、ソヨギの木のあたりまで移動するのを目で追っていると、その明かりがじょじょに雪に紛れていきます

「お母さん、僕、思うんだけど」

「なに」とお母さんは、目をすぼめて、山の方角を凝視しています。

「バブちゃんは海へ向かっているかもしれないよ」

「なぜ」

「この前、バブちゃんに浜に連れて行ってくれないかって頼まれたんだ。そのときは、お父さんお母さんに断るから、春休みまで待ってね、と言ったんだ」

お母さんは、怖い顔できっと幸夫を睨むと、「行くわよ」と駆けだします。

幸夫を助手席に乗せると、お母さんが車を急発進させました。いつもは促されて気づく安全ベルトを、幸夫は慌《あわ》てて装着します。車は、農道、そして県道を疾駆《しっく》します。重い雪が途切れなくフロントガラスを叩き、ワイパーのスピードが間に合わないほどです。

この県道は内陸部の丘陵と海岸沿いの工場や市街地を結んでいます。しかし、幸夫の村から海まで歩くとすると、大人の足で半日を優に超える距離があります。いや、そもそも徒歩で行く道のりではありません。

十五分も走ったところで、お母さんがかすれた声を上げます。

「少し速度を落とすから、バブちゃんが歩いていないかよく見るのよ。歩道だけじゃなくて、お店の軒下とかも」

といっても、夜陰《やいん》のせいでそれでなくとも視界が狭い上に、大振りな雪片が絶えまなく天上から落ちてくるものですから、歩行者の顔や背格好などなかなか見分けがつくものではありません。その人影もバス停付近と、鉄道駅に通じる交差点にまばらに認められるだけです。蛍光色がまばゆいコンビニの前で車を停め、お母さんはお店に駆け込むと、店員を捕まえていろいろ訊ねます。しかし、車に戻ってきたときには首を横に振るばかりです。

「お母さん、バブちゃんはバスか電車に乗ったのかもしれないよ」

「幸夫には話していなかったよね。バブちゃんはね、バスにも電車にもひとりでは乗れないの。乗り方を忘れてしまったの。バスが来たって、それがどういう乗物なのかは分からないわ」

どこまでも走り、もう幸夫の家より海までの距離の方が近くなったくらいのところです。対向車線にヘッドライトが次々と現れ、そのために道路の両側の暗がりがいっそう濃くなります。幸夫が自信無さげに何やら呟《つぶや》きました。

「聞こえないわ。何て言ったの」

「今、女の子を追い越したような気がしたんだ」

「女の子って、どうしてわかるの」

「女の子の帽子を被っていたもの」

「帽子かあ」

そのとたん、お母さんは小さく叫んでブレーキをかけます。そして、ドアを開けて飛び出しました。

幸夫も慌てて降り立ち、後方を振り返ると、舞い散る雪の隙間に、つんのめるように駆けだす母親の背中が見えます。どんどん遠ざかり、すぐにでも視界から消えてしまいそうです。幸夫は後を追いかけますが、ズック靴が雪面で滑り、上手く走れません。

吹きすさぶ風雪の中に人の形がふたつ見えました。お母さんとバブちゃんです。バブちゃんの頭の上には、雪をかぶったカナのつば広帽が載っています。幸夫に気づくと、バブちゃんは悪戯っぽく目配せをするのです。そして顔をほころばせたまま、

「ごめんなさいね。足が痛くて、もう歩けないのよ」と頭を下げるのでした。

五

両親ふたりが付き添い、バブちゃんは病院へ行きました。薬が出ましたが、薬嫌いのバブちゃんのために貼り薬が処方されます。お母さんが会社を休み、しばらく家にいることになりました。

薬が効いたのか、バブちゃんは憑《つ》き物が落ちたように落ち着きを取り戻しました。

そのかわり食事が進まなくなり、身体が一回り小さくなってしまったとお母さんを嘆かせます。お昼もそれまでのような冷めた作り置きではなくなったので、本当は美味しく食べて欲しかったのです。

日の出とともに庭や横手の畑に出て、花や作物の世話をするのがバブちゃんの日課でした。鳥のにぎやかなさえずりが始まる頃には、もう外にいます。秋になると、通りから伝わってくるバブちゃんが落ち葉を掃く音が耳に入り、幸夫は目を覚ましたものです。こうしていつも動き回っていたバブちゃんが、今では部屋で寝ているか、遠くを見る目つきをしながら、居間にぽつんと座っている時間が多くなりました。

雪化粧された集落をすっぽり包んで動かない寒気のせいもあるかもしれません。でも、本来のバブちゃんは雪や北風など物ともせず、たとえば門の前に大きな雪だるまを作り、学校から帰った幸夫を驚かせたこともありました。

春の日差しが感じられるようになった頃です。山菜取りでも、という母親の発案でおもての山に入ったのですが、バブちゃんの足取りが、いかにも頼りなさげであるのが目につきました。以前はバブちゃんと連れ立つと、バブちゃんがあまりにも健脚であるため、周りは置いていかれないようにするのに精一杯でした。

幸夫には強烈な記憶があります。幸夫がまだ小学校に入る前のことでした。集落の田んぼの西の端に隣村との境を示す小さな雑木林があり、シイやコナラが灌木《かんぼく》に交じり青々と茂っています。幸夫の家の前から望むと、この林は稲穂の海原にぽっかりと浮かぶ小島のように見えます。

その朝は日が昇る前に家を飛び出しました。補虫網と虫かごを手にしています。蒲団から抜け出るときが要注意でした。隣で寝ているカナに気づかれると、幸夫を追いかけてくる恐れがありました。そうなると、カナの素っ頓狂な大声で、肝心な瞬間に昆虫が全て逃げ出してしまいそうです。

もう畑に出ていたバブちゃんが「カブトムシかい」と声をかけてきます。カナに代わって一緒についてきたそうな、羨ましげな表情をしています。雑木林目指し、幸夫は全速力で駆け出しました。陽光が樹林の間に差し込むと、カブトムシのほとんどがねぐらに帰ってしまうのです。

薄暗がりに白々と浮かび始めた樹木の肌に目をこらします。四方から順に検分するうちに、一匹の大きなクワガタが目にとまりました。足を踏ん張り、一心不乱に樹液をなめています。悟られないようそっと腕を伸ばしますが、わずかに届きません。気を取り直して補虫網を構えたところに、後方から声がかかりました。

「坊主、そこどかんかね。邪魔だよ。ここはおまえが来るところじゃないだろう」

幸夫の倍以上は背丈がありそうな年長の少年がふたり、頭の上から見下ろしています。声をかけた少年の手には、木の洞《うろ》に差し込む長いひっかき棒が握られています。幸夫がその場から動かないのは意地を張ってのことではなく、足がすくんだ上に身体中が強張ってしまったにすぎません。年長の少年らは、目を大きく開いたままピクリとも動かない幸夫に苛立《いらだ》ちを覚えたのでしょう。ひっかき棒を振りかざし「早くどけ」と怒鳴ります。

少年らふたりの間に揺れる黒々とした枝葉と、くすんだ緑色の田んぼと、突き当りの幸夫の家の門が目に映ります。門の前にたたずむバブちゃんの顔が、こちらを向いているように思えます。

その時です。バブちゃんが畦道に沿って走り出しました。その速いことったらありません。断崖絶壁に立たされていることを打ち忘れ、幸夫はバブちゃんの疾走に見とれます。まるで、いつか海岸の崖で目にしたハヤブサの急降下のようです。ひっかき棒を振り回す少年が、あらぬ方向に向いた幸夫の視線に気づき、後ろをふと振り向いたところに、バブちゃんが息も切らさずに立っていました。

「村では仲良くせねばならんよ」と、穏やかにさとすバブちゃんの目に油断はありません。少年ふたりを射すくめるように睨《にら》んでいます。少年らは声も出さず、争うように逃げ出して行ったのでした。

幸夫は止めていた息を吐き出すと、とっさに樹木の高みに視線を泳がせました。樹液を吸っていたオオクワガタの姿は消えています。クワガタが留まっていた幹の表皮は、淡い朝日に照らされています。

バブちゃんはあたりの立木の上面をざっと一瞥《いちべつ》すると、呆然《ぼうぜん》としている幸夫に話しかけました。

「もうカブトもクワガタも寝る時間なの。今晩、夕ご飯が済んだらバブちゃんと一緒に捕りにこようね。お父さんから、あの大きな懐中電灯を借りて」

バブちゃんは足取りが鈍くなっただけではなく、段差につまずき、平らな地面でよろめくことがありました。玄関ポーチから石畳に下りるところで転倒し、かばった腕に大きな擦《す》り傷を負ってしまいました。三か月近く家にこもっていたので、足の筋力が衰えているようです。

いよいよ介護施設に通うことになりました。前々から役所に勧められていたこともあります。車の送り迎えがあり、週に三日ほどデイサービス施設で脚力の回復運動をするのです。バブちゃんはこの新しい日常を、歓迎するわけでも嫌がるわけもなく、淡々と受け入れるのでした。

幸夫が部屋で宿題をしているときです。バブちゃんが神妙な面持ちで現れました。「この計算の仕方を教えてくれないかね」と、持ってきたプリントを幸夫の机に広げます。一桁と二桁の足し算引き算です。

「デイサービスで勉強しているのだけど、バブちゃん遅すぎて、皆に迷惑かけるの」と、照れくさそうに微笑みます。

運動だけかと思っていたら、こんなことまでやっているのかと、初めて幸夫は知るのでした。自分でやると簡単な問題ばかりですが、いざバブちゃんに教えようとすると、うまく理屈を説明できません。まさかバブちゃんに指を折って数えたらなどとは言えません。「きっと最初は遅くていいんだよ。慣れれば早くなるのさ」と慰めるのが精一杯でした。

バブちゃんの食欲はなかなか戻りませんでしたが、歩く方は段々と回復してきた模様です。介護施設の見立てによると、元々バブちゃんの筋力は人一倍強く、頻繁な転倒は、気持ちと身体がちぐはぐだったせいで起きたのだろうということなのです。

いずれにせよ、あれほどお天道さまと仲良しだったバブちゃんが、すっかり外出嫌いになったことは確かです。大好きな庭も畑もバブちゃんの関心事から外れてしまったようです。お父さんが強引にバブちゃんを農協へ連れ出し、種や苗の購入を勧めたのですが、いっこうに興味を示しません。結局、お父さんは種子の代わりに防草シートを買い求め、荒れることないようにバブちゃんの畑の畝《うね》をすっぽり覆《おお》ったのでした。

両親の言葉の端々からは、バブちゃんが家にこもるのを「いいことだ」と考えているのが伝わってきます。ふたりがそう思うに至ったいきさつを、幸夫もいくつか知っています。バブちゃんは家の中でも外でも、いろいろなものを失くしてしまいます。幸夫が学校から戻ると、バブちゃんが薄着のまま玄関の前で寒さに震えています。鍵を落とし、家の中へ入れなくなったそうです。その鍵は郵便ポストの上に置かれていました。

財布も消えます。失くした時期すら不明瞭なまま家族で探し回ったのですが、結局、寒椿の生垣の上に引っかかっていました。そこに置かれた理由は不明です。バブちゃんが部屋にこもっていれば、いろいろな心配は減るのですが、幸夫からすると、じっとしているバブちゃんは、バブちゃんでなくなるような気がするのでした。

四月からお母さんは勤めに戻り、幸夫は六年生になりました。

再びバブちゃんはひとりでお留守番となります。

六

カナの身近な品々は、母親が全部片づけてしまったのでどこにも見当たりません。ぽつんと帽子掛けに飾られていたつば広帽も、とうに仕舞われてしまいました。カナの面影といえば、仏壇の隣に置かれた写真立ての中で、千歳飴の長い袋を手にすまし顔をしている着物姿だけです。

しかし、懐かしい品はひょんなところから飛び出してきます。庭の生垣に絡みつく蔓《つる》バラが、いっせいに桜色の花を咲かせる時期があります。このバラは、ホームセンターへ家族連れで出かけた折、幼いカナが欲しがり、バブちゃんが買ってあげたものです。

お父さんは、「ピンク色のバラが好きなんて、カナは貴婦人の素質があるね」と感心しますが、幸夫とバブちゃんはカナがねだった本当の理由を知っていました。先にバブちゃんがカナに読み聞かせた、グリム童話に出てくるバラの精に魅かれたに違いありません。そういう意味では、もし白バラの鉢も陳列されていたら、カナはそちらを選んだかもしれません。

花が咲き終わると、お父さんがバラの株を、小さな鉢から花壇の端っこに移し替えました。その年の冬は剪定《せんてい》もされないまま雪に埋もれ、春先には渋茶色の枯れ枝ばかりとなり、花壇の陰に埋もれてしまいました。しかし、それから数年もたたず、生垣の上を桜色の花弁で埋めつくことになったのです。

去年の秋、お父さんがバラを囲う支柱を取りつけたのですが、このバラは変わらず生垣に寄り添うのが好きなようで、春先になるとそちらへ蔓《つる》を伸ばすのでした。

登下校は今や幸夫ひとりきりとなりました。集団登校が中止になったこともありますし、仮に続いていたとしても、集落にも山の上のブドウ園にも、小学生は幸夫だけとなっていたのです。

学校から戻ると、食堂のテーブルで、バブちゃんが卓上に覆いかぶさるように何やら筆を走らせています。計算問題かしらと幸夫が手許を覗き込むと、息を詰めて塗り絵をしているところでした。傍らには色鉛筆が無造作に散らばっています。

幸夫の視線に気づき、バブちゃんが口元を緩めると、「ごめんなさいね、下手でしょう」と謝ります。

「バブちゃん、恥ずかしがることなんかないよ。上手いじゃないか」

この頃、バブちゃんは、何かというと誰かれかまわず詫びたり謝ったりするようになりました。それも、本当に申し訳ないといったように肩をすぼめて詫びるのです。

デイサービスでもそうしているのでしょうか。バブちゃんの気弱な様子に接すると、幸夫は自分で説明がつかないまま無性《むしょう》に腹が立ちます。

「施設では、絵も描くの」

「そうなの。絵も描くし工作もするのよ。でもバブちゃん不器用でしょう。皆さんに悪いから練習しているのよ。このノートいいでしょう。最初の方に見本があって、それを見て描けばいいから助かるわ」

　バブちゃんが手持ちのノートのページをめくってみせたとたん、幸夫はあっと声を上げそうになりました。この塗り絵ノートはカナが使っていたものでした。どの図柄も明暗を上手につけた色調で塗られており、なかなかの出来です。「このテクニックは僕が教えてあげたのだ」と幸夫は思い出しました。そして、幸夫は幸夫で、このテクニックを母に教わったはずです。

　最初のページは犬と猫、次のページは木の上の猿、次が紫陽花《あじさい》の図案、そこでカナの塗り絵は終わっています。バブちゃんが練習しているのはその次のページで、やはり植物の図案のようです。葉っぱの緑色は塗り終えており、これから花びらに取り掛かろうとしているところのようです。すでに一輪が青く塗られています。この花の種類は何だろうとよく見ると、バラではないですか。どうもバブちゃんは前のページの紫陽花の花の色を、そのままバラに当てはめようとしているようです。

「バブちゃんさあ。この花の色は青くない方がいいよ」

「バブちゃん、また失敗したかね」

「失敗なんかじゃないよ」と幸夫は慌てて打ち消します。

「この花はバラでしょう。バラの色って、赤、白、ピンクに黄色でしょう。青いバラってあったかなあ」

「この花はバラなのかい」

幸夫はバブちゃんを庭へ誘いました。日が長くなり、こんな時間でも庭の隅々まで陽光が行きわたっています。門前の通りの際に、タチアオイの群生が、今年も豪勢な蕾《つぼみ》を膨らませています。

「これがバラだよ」と、幸夫が指し示しました。支柱からはみ出して蔓を伸ばし、高い生垣に挑んでいるカナの桜色のバラです。

「これがバラでしたか」と、バブちゃんは嬉しげに手を合わせ、ほんとうに久しぶりに声に出して笑うのでした。

バブちゃんはバラの花を暖かい色で塗ることには納得しましたが、どの色鉛筆が釣り合うのか首を傾げるのです。幸夫が選んでバブちゃんに手渡すと、バブちゃんは「カナちゃんは何でも知っているね」と満足そうに頷くのでした。

夏休みが目前となりました。

日が傾くと、家の裏手でヒグラシゼミが一匹、か細い声で鳴き始めます。

介護施設のマイクロバスから降りるなり、バブちゃんは居間にペタンと腰を下ろします。母親の言いつけ通り、幸夫は冷蔵庫から冷えた麦茶を取り出し、注いだグラスをバブちゃんに差し出します。バブちゃんは「ありがとうございます」と丁寧にお辞儀し、両手で受け取ります。

「バブちゃん、暑くないかい。窓閉めて、クーラー入れようか」

「大丈夫ですよ」と、バブちゃんは廊下の網戸越しにおもての山を見つめています。涼しいそよ風がそちらの方角から渡ってきます。そこでやっと用件を思い出したかのように、「幸夫の春休みはまだかしら」と尋ねるのです。

「春休み。それって夏休みのことでしょう。夏休みなら来週からだよ」

「ほら、この前休みに海へ連れて行ってくれるって言ったでしょう」

そのことをすぐに幸夫は思い出しました。あのとき、春休みになったらなどと先延ばしにしなければ、あんな大騒ぎにならずに済んだかもしれません。幸夫は、しばらく気に病んでいたのです。

バブちゃんは幸夫の返事を待たずに、ひょいと立ち上がります。仰ぎ見たバブちゃんの顔に、久しぶりに張りのある表情が戻ったような気がして、幸夫は嬉しくなります。

「ここでちょっと待っていてね」

と、バブちゃんは、以前のように機敏な物腰で自室へ向かい、しばらくすると手に封筒を持って戻ってきます。

「カナからね、手紙をもらったのよ」

大人びた筆づかいですが、カナの字だと言われれば、そのような気がします。幸夫は手紙に目をとおすと、便せんが入っていた封筒を表、裏とひっくり返します。宛名にバブちゃんの名前が書かれていて、住所や差出人の記載《きさい》はありません。

「ちょっと読んでおくれでないか」

バブちゃんはだんだん字が読めなくなってきたという話を両親がしていました。とくに漢字が苦手のようです。幸夫はあらためて便せんを広げ、罫線《けいせん》からはみださんばかりの勢いで書かれた文字を読み上げます。

「大すきなバブちゃんへ

おたんじょう日おめでとう。

プレゼントは少しまってくださいね。

こんど、海でバブちゃんが好きな貝がらをあつめて、バブちゃんのネックレスを作ります。

カナには、カブトムシのとりかたを教えてくださいね。

これからも　ずっと元気でいてください　カナ　」


バブちゃんはまぶたを閉じてうつむいています。身体中でカナの言葉を聞いているのです。肩がわずかに震えています。その肩がいつのまにか痩せて薄くなっているので、幸夫の横にいるのが小さな女の子に思えます。

バブちゃんは、カナが海へ貝殻を採りに行ったきり、まだ戻ってこないと思い込んでいるのかもしれません。幸夫は固く決意をしました。もう先延ばしはしません。

「バブちゃん、海へ行こうよ。来週の火曜日はどう。僕は夏休みだし、デイサービスもお休みの日でしょう」

七

ふたりでの外出、それも海へ行くなど、両親に反対されるのは火を見るより明らかです。内緒にするには、両親が仕事に出た後にバブちゃんと家を発ち、仕事から戻る前には、幸夫たちふたりが家に戻っていなければなりません。

幸夫にはうまくやり遂げる自信がありました。海まで電車に乗って行くのです。鉄道線路は、おもての山の向こう側の麓を通っています。鉄道の駅舎は、小学校の先にある役場の角を折れたところにあります。幸夫にとって鉄道は身近なものではありませんでした。家族で買い物に行くにも、病院へ通うのも、遊びに出るにも、いつもお父さんかお母さんの車です。小学校の修学旅行やスキー教室はバスです。物心がついてから、幸夫は幾度か電車にも乗りましたが、鉄路がどこをどう走っているのかなど、興味を抱くことはありませんでした。

ところがこの冬、ひとりきりで電車に乗っての移動を経験することになり、ずいぶん詳しくなったのです。学校の課外活動として、希望者だけのスキー旅行が高原のスキー場で催されました。この折に風邪が抜けず、幸夫だけ一日遅れで参加することになったのです。自分で調べてみると、不便だと思い込んでいた電車が、なかなか使い勝手のいい乗物であることが理解できました。そして、すぐ近所を通る線路が、海岸近くまでまっすぐ伸びていることも分かりました。いったん電車に乗ってしまえば、県道を車で行くより到着時間はずっと早いのです。

「お父さんお母さんには内緒だからね」と何度も耳元で囁《ささや》いたのですが、バブちゃんは朝からそわそわし通しで、あれこれ服を着替え、ショルダーバッグの中身を幾度も出し入れするので、幸夫をひやひやさせます。お母さんがバブちゃんに「まさかお出かけするつもりじゃないわよね」と問いかけたときなど、バブちゃんがいつものように、とがめるように「ごめんなさい」と謝り出すのではないかと、息が止まる思いでした。

駅までは徒歩二十分足らずと踏んでいますが、バブちゃんの歩くペースを考え、早めに出発します。日はぐんぐん昇り、県道のアスファルトに照り返し、靴の裏が路上に焼けつきそうです。空の高いところに強い気流があるのか、千切れた雲が青空の中をすごいスピードで飛んでいきます。地を這うように歩む自分たちと、雲の流れる速度があまりにもかけ離れているので、まるで地上と空が別世界であるかのような錯覚におちいるのでした。

駅舎はコンクリート製で、出入口には無人の発券機が据えられているだけの素っ気ないつくりです。プラットホームに乗客の姿はありません。白い壁と床の隅々まで陽光を浴び、日陰がどこにも見当たりません。ホームから見下ろす砂利や枕木さえも熱を帯び、レールの下で熔《と》けだしているかのように見えるのです。待合室の硬い椅子に腰掛けると、背を丸め、日傘の柄に顎《あご》を乗せるバブちゃんの様子が心配になりました。

「何か飲み物持ってくればよかったね。喉が渇いたでしょう」

「大丈夫ですよ。海についたらね、飲み物なんてたくさん買えるから」

バブちゃんはショルダーバッグの底を漁《あさ》り、ハンドタオルを取り出すと、額の汗をぬぐうのでした。暑さがこたえているようで、気が抜けたようにぼんやりとし、息を整えています。

電車に乗ると、冷房が効いているせいでやっと人心地《ひとごこち》つきます。家族連れがひと組と数名の少年らと乗り合わせます。みんな海水浴目当てのようです、高らかな調子でおしゃべりに興じ、もう海辺のレジャーが始まっているかの雰囲気です。この車内の高揚感《こうようかん》が伝染したのか、バブちゃんはすっかり気を取り直すと、背筋を伸ばし、張りのある声で幸夫に話しかけます。

「いろいろありがとうね。バブちゃん嬉しいわ。実は、海はもうあきらめていたの」

「一度約束したのに、こんなに遅くなってごめんね。それからね」と、幸夫は今まではっきり伝えていなかったことを言っておこうと思います。

「今回は大叔父さんの家には行かないつもりだよ。それは次回にしていいでしょう」もしバブちゃんが弟との再会を強く望むなら、希望通りにしたいという気持ちもありました。大叔父さんを訪ねるなら、二駅手前で降りればいいのです。ただ、大叔父さんに会ったら、今回の内緒の遠足が幸夫の両親に筒抜けになることを覚悟しなければなりません。

「叔父さんのことは構わないわ」と、バブちゃんが口許を綻《ほころ》ばせます。

「あの人は大のおしゃべりだからね。秘密にできないもの」

鉄道の車両基地に隣接する大きな駅に到着しました。

親しんだ町でもあるかように、急いで歩き出そうとするバブちゃんを、幸夫は慌てて引き止めます。海水浴客とおぼしき仲間連れが、皆一様にバス停へと向かっているのです。ここから真っすぐ海へ向かっても、フェンスだらけの埠頭《ふとう》にぶつかるだけのはずです。駅前の観光看板を見ると、やはり、浜へ出るにはバスで迂回《うかい》するのが早いようです。

バスを降りて間もなく、眼下の砂浜によしず張りの浜茶屋が立ち並んでいるのが見えます。そして正面には群青《ぐんじょう》色に染まった大海原が広がっています。まばゆいばかりに発光する水平線から白い綿雲が次々と生まれ、真っ青な天頂へ舞い上がり、あっという間に幸夫とバブちゃんの頭上を越えて行きます。そのくせ浜辺に吹く風も波音も穏やかそのものです。

砂地に降り立つなり、バブちゃんは安心したように、一軒の茶屋の座敷の端に腰を下ろしました。そして「何か食事をお頼みよ」と幸夫に勧めます。腹ぺこの幸夫は喜々としてカレーライスを注文します。バブちゃんは迷った末に刺身定食を頼みましたが、さほど食は進まないようです。箸《はし》を止めては、ぼうっと海の彼方を眺めています。

平日のせいか茶屋の客は半分にも満たず、座敷の雰囲気もゆったりとしています。

幸夫は幸夫で、お腹がいっぱいになると、じきに瞼《まぶた》が重くなります。昨夜から続く緊張が解けたせいもあるでしょう。実際に眠りの浅い一夜を過ごしたのです。座敷の奥から漂ってくる扇風機の生暖かい風が心地よく幸夫を包みます。

ぱっと心に浮かんだかのように、バブちゃんが幸夫に話しかけます。

「バブちゃん、この頃、変でしょう」

幸夫はギクッとします。

「ちっとも変じゃないよ」

「大丈夫かねえ。みんなからおかしいと思われているようで、恥ずかしいの」

「恥ずかしいことなんかない。バブちゃんはバブちゃんだもの」と、幸夫は心の中でつぶやきます。

コップの麦茶を美味しそうに飲み干すと、バブちゃんは浜辺を見渡します。

「でも、広い砂浜なこと。ここでカナちゃんを捜すのはたいへんね。でも見つけなくちゃね。バブちゃんはネックレスなんていらないよって言ってやろうと思って。カナがいるだけでいいのよ」


澄み渡った夜空に、乳白色の満月が輝いています。

その煌々《こうこう》と光る月影が黒い水面《みなも》に映り、もうひとつの満月が波の上を漂《ただよ》っているようです。潮のゆるやかな満ち引きにしたがい、水面の月は散り散りの破片となって波浪にまぎれ、やがて元の丸みを帯びた形を取り戻します。

幸夫は磯の岩礁《がんしょう》のひとつに腰かけています。右手にバブちゃん、左手にはカナが座っています。

「聞こえてこないわねえ」と、消え入りそうな調子でカナがつぶやきます。

「聞こえてこないって、何が」

幸夫が問うと、カナはすました顔で答えます。お兄ちゃんのくせにそんなことも知らないのね、とでも言いたげです。

「人魚の歌に決まっているわ。私たち、それを待っているのでしょう」

「人魚って、カナは人魚なんて信じているのか」

　隣からバブちゃんが、とりなすように口を挟みます。

「カナや。今夜はあきらめた方がいいかもしれないよ。人魚は嵐を連れてくるの。波がこんなに穏やかな夜に、人魚は現れないわ」

　バブちゃんの言葉に反発したのでしょうか。岩の面を優しく撫でていた潮の音が、わずかに大きくなって幸夫の耳に届きます。寄せ波が背伸びをし、飛沫が跳ねあがったような気もします。

「聞こえてきたよ、人魚の歌」

　カナの自信に満ちた声に、バブちゃんがつき合います。

「ほんとうだ。バブちゃんにも聞こえる。どこからだろう」

　幸夫も懸命に耳を澄ませますが、伝わってくるのは、背後の崖の草地で鳴く虫の音と、足下の岩場にぶつかる波の音ばかりです。ただ、その波音がひと頃とは段違いに大きくなっています。

　気がつくと、はるか沖合の海上に浮かんでいた乳白色の月が、いつの間にか位置を移し、目の前に迫っていました。幸夫たちが腰かけている岩礁が、今にもその月の影に呑み込まれそうです。その時でした。目の前で海原がふたつにぱっくりと割れたのです。水面に漂う月も真二つになり、海の谷間の底に奔流となって流れ落ちます。

その深い谷間の底から、人魚たちの声があふれ出ます。

人魚の呼び声に思えたのは、実は子供たちのわめき声です。「お兄ちゃん待って」という女の子のかん高い声が耳にとまり、ふっと目が覚めました。いつの間にか寝入ってしまい、幸夫は夢を見ていたのです。眠っていた時間は、ほんの一瞬のようにも、とても長い時のようにも感じられます。

浜茶屋の前の砂浜を、浮き輪を手にした子らが駆けていきます。

上体を起こした途端、風向きが変わっているのに気づきました。風は正面から激しく吹き寄せ、細かい砂の粒が幸夫の顔に当たります。空の様子も様変わりしています。青空に向かって次々と吐き出されていた綿雲の進軍は姿を隠し、ぼうっと霞んだ水平線には、重たそうな雲が積み上がっています。

バブちゃんがいません。先ほどまで座っていた場所には、ショルダーバッグと日傘がぽつんと置いてあるだけです。何だか夢の続きを見ているかのようです。

しばらくの間、座敷の上にじっと突っ立っていました。「ごめんなさい」と謝りながら、今にもバブちゃんが現れるのを心待ちにするのですが、一向にその気配はありません。

海の面《おもて》がざわざわと揺れています。浜伝いに視線を走らせると、汀《みぎわ》がぐっと近づいていて、潮が満ちているのが分かります。砂のお城やバベルの塔が崩れ始め、潮頭《しおがしら》にさらわれたビーチサンダルや浮き輪を追いかけて、水辺で大騒ぎをしている若者らがいます。

その騒ぎの先にバブちゃんの姿がありました。

逆光の中で輪郭がぼやけ、衣服の色も形も背景に溶け込んでいますが、間違いなくバブちゃんです。スラックスを膝がしらまでたくし上げ、波間に立ち尽くしているのです。幸夫は急いで靴下を脱ぎ捨て、バブちゃんの元へ駆け出します。ばしゃばしゃと潮を押し分け横に並んでみると、バブちゃんは神妙な顔をして、頭の上まで張り出してきた黒雲を見つめていました。

強い風に奪われないよう、片手で帽子の頭を押さえています。

「海水が温かいこと。温泉に入っているみたいね」

幸夫を一目見ると、バブちゃんが微笑みかけます。

バブちゃんがこのまま泳ぎ出してしまいそうで、幸夫は身を固くします。小さな頃、沖に向かったままなかなか戻ってこないバブちゃんを、波打ち際で待ち続けたことがありました。そのときの心細さがよみがえったのです。

突然波頭《なみがしら》が強風に砕かれ、飛沫が頭上から落ちてきます。思いがけない冷たさです。同時に幸夫の眼が不気味なものを捉えました。太く長く黒い腕が、沖合から海底を辿《たど》ってこちらに真っすぐ伸びてくるのです。それは実際には、浜から沖へ向かって流れる引き波の影なのです。幸夫の足の裏で砂が崩れ、足場がそっくり持ち去られます。そればかりか、スキー板にでも乗せられたように、身体が丸ごと深みへ向かって滑り出します。

幸夫の横でバブちゃんが、砂浜の方を向いて、腰の高さまで水に浸かっています。そのバブちゃんに水底の黒い腕が摑みかかります。咄嗟《とっさ》に幸夫は腕を伸ばすと、バブちゃんの手首を握り締めました。

「この腕は放さない。放すものか」と胸の奥で叫びます。昔、お父さんは幸夫の腕を捉え、大波の奔流から引き揚げてくれました。そのとき幸夫は、頭の中が真っ白になったまま、隣にいたカナの腕に触れることさえしませんでした。

気づいてみると、バブちゃんも幸夫の腕を握り返しています。バブちゃんの瞳はどこまでも明るく澄んでいて、夏の続きを夢見る女の子のようです。

突然の暴風が幸夫とバブちゃんに襲いかかります。浜辺のバス停では、吹き上げる砂嵐から逃れるため、目をつむりしゃがみ込みます。バスが走り出したところに大粒の雹《ひょう》が落ち始め、屋根の上で次々と大音響を立てます。

時には横なぐりとなり、ガラス窓が割れるのではと、乗客らが一斉に悲鳴をあげます。

幸夫といえば、何だか愉快な心持ちなのです。風の精となった幼いカナと、ふざけ合っているようで頬が熱くなります。癇癪《かんしゃく》を起こしたカナが暴れてみせてくれるほど、幸夫の胸底のしこりが軽くなるのがわかります。隣のバブちゃんの横顔をうかがうと、落ち着き払った顔つきで窓の外を眺めています。クヌギをかついで薄暗い山道を下りながら、楽しくてたまらないように鼻歌を歌う姿を思い起こします。あるいは、大雪の夜道で、悪戯が見つかった子供のように首をすくめる姿です。バブちゃんが県道を海へ向かったあの夜、雪の中を歩いていたのは、カナだったのではないでしょうか。

バブちゃんはひとつ大きなくしゃみをすると、慌ててバッグからティッシュペーパーを取り出します。そのとき、ふと気づいたようにバッグのポケットを探り、その手を幸夫の前に差し出しました。バブちゃんの手のひらに載るのは数個の貝殻です。みな桜色をしていて、手のひらの上でバラの花が咲いたように見えます。

「ずいぶんと拾えたでしょう。ネックレスは無理だけど、きれいなブレスレットくらいは作れそうよ」

海辺から東へ向かう鉄道の線路は、平野が狭まる辺りから勾配《こうばい》を上げていきます。

ここに差しかかる頃には、あれほど吹き荒れた嵐は、すっかり気が済んだかのように姿を消しました。

　淡くやわらかい日差しが西の空から地上を照らします。青々とした稲穂の波と野山をぬって、電車は走り続けます。

あとがき

岡　光

「山巓夜話」の着想を得たのは、ずいぶんと昔のことです。異性間、同性間、親子、我執《エゴ》と、登場人物がこれら四つの闇を彷徨する姿を、寓話として表現したいと思いました。

ところが、趣向の違うストーリーをひとつの円環として繋ぐ仕組みを見いだせないまま、結構な年月が過ぎてしまいました。

構想が成ったのは、『エヴェレストより高い山』（ジョン・クラカワー）に巡り合えたことによるものです。語り手を含む四人を、緩やかに結ぶ舞台ができました。

作中で登場する山幽霊には、山上ですれ違ったことがあります。奥穂に立つ穂高岳山荘を早暁に発ち、夜来の雨で濡れそぼる急峻な岩肌に難渋しつつ、涸沢へ降下している時のことです。ふと振り返ると、彼方の岩稜に豆粒のような人影が現れ、急激に高度を下げると、足音も立てずに私の脇を走り抜けて、カールの底へ消えて行きました。瞬きをする間もありませんでした。

今は使用禁止とされているようですが、かつて富士山頂と御殿場登山口を結ぶ「大砂走り」という下りルートがありました。登山靴をひとつおシャカにすることを覚悟すれば、頂上直下から砂礫の上をサーフィンし、三十分もあれば登山口に降り立つことができました。彼女の速度は、この砂走り下降にかかる時間の優に十倍も速いものでした。

これほどの手練れは存在しえないはず。私は目の錯覚に違いないと自分を納得させたのですが、後刻、当時横尾山荘に逗留していた知人のM氏も、麓側からその黄色いレインウェア姿の移動を眺めていたことを知りました。氏の目に映った彼女は、横尾谷の上部から現れ、群れなす大岩の頭づたいに跳ね下り、樹林帯に入ると、そこから続く登山道に再び現れることはなかったそうです。

「海の贈りもの」につきましては、当初、タイトルを「年を経た人魚の話」としたもののの、どうもこちらはうろ覚えの類似の題名からの着想だったようです。しかし、テーマの大意としては、没としたタイトルの方が近しいかもしれません。

創作の源泉には、小川未明、坪田譲治、ＨＣアンデルセン等々、私の読書生活を豊かなものにしてくれた児童文学者、童話作家へのオマージュがあります。また、自らの来し方の一端を紛れ込ませたものでもあります。

おしまいとなりますが、前作にひき続き、挿絵を担当していただいた井上美奈さんに謝意をお伝えしたいと思います。本来は、内なる命の光を淡く共鳴し合う色彩で包み込む画風であるところを、モノクロームへと筆を持ち替えて、物語に寄り添ってくれました。

（二〇二四年四月一日）

著者プロフィール

岡 光（おか ひかる）

1953年　小樽市生まれ
1977年　慶應義塾大学卒業
趣味：山歩き 街歩き 自然観察 盤上ゲーム SNS等
著書『少年少女』（2023年12月、文芸社）

挿絵：井上美奈

山巓夜話《さんてんやわ》　海の贈りもの

2024年 6 月15日　初版第 1 刷発行

著　者　岡 光
発行者　瓜谷 綱延
発行所　株式会社文芸社
〒160-0022　東京都新宿区新宿1－10－1
電話　03-5369-3060（代表）
03-5369-2299（販売）

印　刷　株式会社文芸社
製本所　株式会社MOTOMURA

ISBN978-4-286-25339-8